金毛獅王上學去

余益興——著

【推薦序】

讀了會讓人更喜歡上學的小說

小熊老師

這是一部教育意義深刻的小說，主題是成長。

《金毛獅王上學去》帶給我們一個豐富的孩子世界，主要場景落在校園裡，校園裡每天都有新鮮事。這部小說透過不同章節，呈現出一幕幕萬花筒般的兒少生活。

主人翁明潭因為母親忙於工作而無法給他無微不至的照顧，因此感到「少了一點什麼」，這樣的缺憾強化了他的叛逆。孩子橫衝直撞的行為表現，有時只是為了讓自己「被看見」，彌補心裡那一個或大或小的空洞。

小說家並不是要說一個悲傷的人物故事，明潭其實就是個頑皮好動、帶點小聰明、好勝不認輸的孩子，經常令人好氣又好笑。這樣的人物，可能就在你我身邊，他可能是你同學，甚至是你自己。

明潭與他的同學們——仁漢、家豪、育菁，十分家常的名字以及角色設定，讓我們讀著讀著倍感親切，平凡的人物，過著精采的日子啊！

看他們不斷創造經驗，小小的冒險劇場，摻雜著衝突、緊張感以及快樂、成就感。

學習的天地不只在規規矩矩的課堂上，學習的天地也在各種精心規劃的校外活動中，以及師生同學之間的課後互動關係裡。路跑、登山、送年菜、寫信給聖誕老人……好繽紛呀！

誰是老師？除了學校編制內的「正牌」老師，老師也可以是同學的爸爸、客座指導的大學教授、慈善活動的志工姐姐……

這是一本讀了會讓人更喜歡上學的小說。主人翁在師長同學作伴的世界裡，慢慢蛻變，長成一個更棒的自己。

明潭為什麼把自己變成金毛獅王？後來又為什麼讓自己進化成光頭獅王？答案就在小說裡，請趕緊翻開第一頁吧！

小熊老師

本名林德俊，熊與貓書房主人，資深媒體人暨文化教育訓練達人，創辦阿罩霧文學節，獲五四文藝獎、林榮三文學獎等獎。曾任多屆臺中文學季、臺北文學季策辦顧問，常任各大文學獎評審及文藝營導師。著有《玩詩練功房》、《霧繞罩峰——阿罩霧的時光綠廊》、《黑翅鳶尋家記》等書。

目次

金毛獅王上學去

「金毛獅王上學去！不會吧！這真的是我的兒子嗎？怎麼變成這副模樣，竟然還去上學，實在想不通……」

媽媽一清早進入兒子明潭的房間，用力搖著明潭蜷縮的身體。太陽公公早已高高掛，對著屁股大放光芒，怎麼還能死賴著被窩不放？放開喉嚨，吼他快快起床，準備上學。

揉揉朦朧的眼袋，她瞬間瞪大兩個眼珠子，赫然發現——

床上怎麼躺著滿頭金髮的男孩，真像是一頭金色鬃毛的獅子。

「天啊！我沒看錯吧！這是我的兒子嗎？真的是我的兒子嗎？」

睜大眼睛，仔仔細細一瞧，肯定錯不了，自己的兒子絕對不會看錯，的確是明潭本人沒錯。

錯愕之餘，不禁浮現巨大問號：兒子是不是喝了童話故事的神奇魔幻飲料？藥效還真是厲害。記得昨天明明還是一頭烏黑的頭髮，怎麼一夕之間變成滿頭金髮的金毛獅王？

畢竟那只是童話裡的故事情節，怎麼可能發生在現實世界，就像年紀長大了之後，到頭來還是會發現聖誕老公公並不存在。

來不及問清楚原由，只見明潭動作多麼迅速，才剛從睡夢中甦醒，不一會兒功夫便已穿好運動服，揹著像白帶魚一樣細細長長肩帶的扁扁書包，匆忙拿起餐桌上的早餐錢，頭也不回率性的奪門而出。

看似餓得發昏、前胸貼後背的書包，孰不知裡頭究竟是否裝了課本、作業簿？還是刻意把它們遺忘在家裡頭，讓它們繼續放假、休息，沒有一起上學去！

「金毛獅王上學去！不會吧！這真的是我的兒子嗎？怎麼變成這副模樣，竟然還去上學，實在想不通……」留下的媽媽自言自語和滿腦疑惑。

媽媽上的是夜班，每當清晨下班後總拖著疲憊不堪的身軀回家，也無氣力繼續追問金毛獅王——不，是明潭究竟怎麼回事。她思緒雜亂無章頭昏腦脹，邁著蹣跚步伐步入房間，縱身躺進床鋪，瞬間墜入夢鄉。

睡夢中的她彷彿聽到吵雜電話鈴聲，以為是夢境一場，那聲音卻愈來愈響亮、愈來愈清晰……正當好眠，怎麼不識相地擾人清夢，很想當做沒聽到、埋首繼續睡，但電話鈴聲響個不停，彷彿魔音傳腦，死纏爛打揮之不去。

只好勉強轉身，東抓西找地去摸床頭上的手機，睡眠惺忪接起電話。睡眠被中斷，心不甘、情不願地接起，慌亂中，拿不穩的手機差一點跌落床鋪。

那頭依稀傳來不甚清楚、斷斷續續的聲音：

「請問是明潭的媽媽嗎？」

原來是明潭的級任潘老師打來，希望她今天能撥空到學校一趟，約好下午三點在學校教師研究室見面。

明潭，國小五年級學生，身高卻已來到一百七十公分，在同年級學生身高排行已是居冠，光是升旗時排起隊來，從司令台往下放眼望過去，即可看到明潭人高馬大極為醒目的身影，幾乎是高出同學整整一個頭，突出又明顯的身軀，要當做沒看到非常難。

殊不知明潭小時候是喝哪個牌子的牛奶長大的，竟然可以長得像大樹一樣高，真是令人好奇，或許可幫那家公司現身說法，當廣告代言人，變身當個「大童星」。

明潭在學校非常講義氣，只要班上同學受到欺負，不管是誰，男生、女生都一樣，總讓明潭瞬間披上俠義之士的披風，身先士卒、仗義執言，毫不猶豫為同學打抱不平，縱使同學有錯在先。他也像電池廣告裡的台詞——「渾身是勁」，不分青紅皂白，就像象棋中的過河小卒，只能勇往直前，沒有回頭的機會，私毫不退卻。

有一次下課時，班上同學在籃球場打球，正打得渾然忘我、揮汗淋漓之際，惱人的上課鐘「噹——噹——」很不識相地響起，大家反射動作般拔腿就跑，喘吁吁地趕緊回教室上課，免得太晚進教室而遭到處罰。

大夥兒只顧著跑回教室，卻忘了把籃球一起帶走，被遺忘的可憐籃球孤零零地滾來滾去，眼睜睜看著主人的身影消失在人群中，最後被動作慢的三年級同學撿回去。

隔一節下課，同學在教室看不見籃球蹤影，慌張之餘，才恍然大悟地回到籃球場尋尋覓覓，依然找不到球落何方，聽有同學說是被三年級同學撿去，明潭二話不說再度披上俠義之士的披風，飛也似地衝到三年級同學的教室。

比著兇惡的食指，宛如雷射光束指向鼻樑，質問撿到球的同學：

「你又不是籃球的主人，憑什麼沒經過人家同意，就自作主張把球擅自拿走？順手牽球不就是賊嗎？」

那位同學看到身材魁梧、就像一座山的明潭，雖比不上西遊記裡牢牢鎮住孫悟空的的五指山，但早已嚇得魂不守色，又見明潭伸出的大食指，來勢洶洶有如一把手搶正面指著，加上嚴厲的質問聲，頓時緊張地支支吾吾說不出話。其實，他原打算下課時，再把球原封不動地拿去物歸原主，也就是明潭的同學，結果明潭先找來了。

來不及解釋發生的一切，也沒有他插話的餘地，籃球便一聲不響地被等不及的明潭奪了回去，讓這位三年級同學啞口無言，望著明潭悻悻然離去的背影，真是可怕的背影！

那一幕實在太可怕，結果這位同學因明潭的恐怖行徑心生畏懼，晚上嚇得做了惡夢，還差點尿床，隔天更是怕得不敢到學校上學，還要家長打電話請假。

又有一回明潭去上廁所，經過別班教室走廊時，一位女同學突然從教室裡衝出來，就像彗星撞地球命中紅心般，絲毫不差地「砰！」一聲，兩人撞個正著。

雖是不小心碰撞，明潭反射動作地推一把，結果那位女同學被強壯的手臂外加力道結實的推動，一個重心不穩，直接往後跌倒，後腦正巧撞到洗手台邊緣，「叩！」的一聲巨響。即使是圓弧形的防撞轉角，並非尖銳的直角，但紮實又響亮的撞擊聲，使她瞬間暈了過去，差點鬧出人命。

班上同學立刻將她攙扶到健康中心，護士阿姨讓她躺在病床上休息。經過一節課的時間，女同學眼睛徐徐張開，慢慢甦醒過來，緩緩看清四周的影像，逐漸恢復意識。

人還認得，也能開口說話，慶幸尚無大礙，但護士阿姨還是提醒，這幾天要留意觀察，是否有其他異狀，畢竟這是頭部撞擊，凡事大意不得，更不能開玩笑，勿等閒視之，跟自己的生命過意不去。

級任潘老師問清楚來龍去脈，專程帶著他去當面道歉，明潭一臉不情不願，自己畢竟被對方撞到，肉身之軀也會疼痛，卻沒聽見對方說聲對不起。但事情的發生，終究是因自己天外飛來一筆，出手輕輕一推，才造成這回的傷害，明潭只好認了，摸著鼻子，勉勉強強跟著老師前往道歉。

一朝被蛇咬，十年怕井繩。那位女同學日後遠遠一見到明潭，就嚇得趕緊躲遠遠，身體不自主地顫抖，不敢正面相遇，深怕又招來橫禍。萬一又不小心給撞到，被他手臂再度「輕輕一揮」，豈不是又要暈過幾回合，何必自找苦吃，還是有先見之明，三十六計走為上策。

還有一次早晨打掃時，隔壁班同學將滿滿的落葉集中倒入大垃圾桶，準備抬去垃圾子車傾倒，路上經過明潭的打掃區域，一陣風猛然吹來，許多落葉紛紛從桶內爭先恐後地飄了出來，彷彿關在鳥籠裡的鳥被放生般，頑皮地四處飛舞，掉的滿地都是，根本就跟沒打掃過一樣。

這一幕被眼尖的明潭發現，不過他沒看見事情發生的經過，壓根以為他們是故意找碴，刻意要找他們班的麻煩，才把落葉像天女散花般丟得滿地都是。

明潭火氣蜂擁而上，就像即將爆發的火山，竹掃把一丟，就這樣冒冒失失衝了過去，不分青紅皂白把對方的垃圾桶使勁搶來，然後跑到他們的掃地區域，一股腦兒將桶裡的落葉全部倒滿地，以牙還牙的作法，讓他們再掃一次地，之後才悻悻然返回，將自己的整潔區域重新打掃一回。

潘老師知道後，狠狠訓了明潭一頓，表示怎麼能不明事理，還沒搞清楚原因就完全歸咎對方，不給人家一點解釋的機會，根本是故意找麻煩，怎可老是製造事端，動不動惹事生非呢？

明潭心生怨恨，非但不知自我反省，還怪罪對方，都是因為對方打小報告，老師才會知道這件事，害他被老師指責，要是對方不說，這些都不會發生，他更不會受到老師的責罵。

他滿肚子怨氣無處宣洩，最後竟然利用下課跑去隔壁班，無厘頭地朝那位倒垃圾同學打了一拳，這回不只再度被潘老師斥責，還被叫到學務處寫下一整篇的悔過書，隔天下課更得到學務處罰站、反省，不能去玩了。

接二連三的類似事件發生，使得明潭動不動就被叫到學務處，成為那兒的常客，就像「行灶跤（廚房）」一樣，別的地方不去，偏偏要跑學務處，何苦來哉！不過這樣非但未讓明潭學到教訓，凡事引以為誡而收斂行為，反倒變本加厲，希望變成校園中無人不曉的風雲人物。

潘老師和明潭媽媽當面談過話後，明潭媽媽順道接他放學。回到家後，媽媽一一數落他在校所作所為，語帶責備地質問：

「你究竟到學校是在念書，還是當野孩子，整天惹事生非？」

「我又不是什麼念書的料，再念還不是一樣，滿江紅。」明潭不滿地回應著。

「雖然說讀書不是最重要，但是你告訴我，你現在不讀書要做什麼？就算書念不好，也不能到處欺負人。」媽媽繼續追問著。

「我哪有？是他們先惹我的。」明潭顯露一副委屈樣。「我不是那麼好欺負，要是不給他們顏色瞧瞧，還以為我是『肉跤』。」

「好，那我再問你，你現在是學生，為何要染個獅子頭？」

「當獅王啊！走到哪都威風凜凜，不用煩惱被欺負！」

「我看是別人擔心被你欺負。」媽媽不以為然。

「妳只會數落我，一點都關心我。」明潭忿忿不平反駁著。

「我是你媽媽，為什麼不關心你？」媽媽語氣堅定地強調。

「妳每天都上夜班，晚上只有我一個人在家，很無聊；晚餐和早餐只會給我錢，讓我去外面買東西吃，人家同學的媽媽會煮香噴噴、熱呼呼又好吃的晚餐，我都沒有，就好像我是錢的兒子，肚子餓就讓錢給餵飽，不是妳的兒子！」

臉紅脖子粗的明潭話一說完，頭也不回地回到房間，狠狠將門「砰！」的關上。

聽了這番話，媽媽無言以對，才驚覺孩子心聲。

工作排夜班，又忙碌，她也無可奈何啊……

隔天，金毛獅王憤怒情緒尚未平復，兀自拿起桌上的早餐錢，揹著長長肩帶的書包，掠過似乎想對他說什麼的媽媽，二話不說就出發上學去。

邁向獅王之路

明潭望著理髮廳的鏡子，左看看、右瞧瞧，露出滿意的笑容，終於成為道道地地的「獅王」。

明潭在家看了一部《邁向獅王之路》的影片，學到要成為獅王就得不停地戰鬥，才不會被逐出獅群，喪失獅王地位；想成為獅王，就要成為沙場上的戰士，為了生存，沒得選擇，戰鬥是唯一天職。

自然界的物競天擇，是無法選擇，唯有戰勝，並獲得全勝，才能占據穩固的地位，擁有地盤，更不會被取而代之。

戰敗者不是戰死就是夾尾逃生，緊接著地盤淪陷，全數被占領，這是無法避免的殘酷事實。

所以，明潭自然要成為一頭「戰勝」的獅子，也就是「溫拿（Winner，成功者，人生的勝利者）」，可不想當「魯蛇（Loser，失敗者的諧音）」。

受影片深刻影響，明潭野心勃勃地告訴自己，要成為校園真正的「獅王」，不只要有勇猛強悍的性格，而且外表還要長得像獅王才逼真，這叫做表裡如一。

於是，他決定將自己的頭髮全染成金黃色，才能成為道道地地風靡校園的獅王，到時候走起路來威風凜凜，更會是無人不知、無人不曉的響叮噹人物。

但是染一次頭髮要花費不少，手頭又沒有那麼多錢，向媽媽要鐵定會碰個軟釘子，絕對吃閉門羹。他左思右想正愁著該如何是好，腸枯思竭之際，靈機一動，腦海中浮現一個閃亮的點子，暗暗打起如意算盤。

就和身邊的好友，算是他的隨身小弟——仁漢商量商量吧。因為他平常零用錢很多，出手也很闊氣，常常買東西來討好明潭。

明潭遂把腦筋動到他身上，鼓吹好友一起染頭髮。但當他提出這個想法時，仁漢一聽，頓時沉默無語，沉思、猶豫了老半天，方才吞吞吐吐開口問：

「這樣……好嗎？要不要緊啊！我從來沒染過頭髮，你呢？」

「我跟你一樣也沒染過啊！別擔心，又不是只有你一個人染頭髮，我和你一起染，和你一起作伴，你不用煩惱。」明潭繼續勸說著。

「染了頭髮之後，和大家不一樣，會不會被老師罵？」

「就是要不一樣，被罵也是我和你一起被罵，你看那麼多電視明星或是流行歌手，還不是也染成五顏六色的，多好看，這才叫做『時髦』！而且你看，不只吸引目光，成為鎂光燈的焦點，還有那麼多粉絲整天瘋狂追著跑，假如開起演唱會，門票都是秒殺，擋都擋不住，要躲也躲不了，風光的不得了！」明潭很有義氣地說。

「不過他們可都是明星，愛怎麼染就怎麼染，就算染成彩虹的七彩顏色也一樣酷、炫，我們只不過是小學生，有必要跟他們這樣嗎？更何況明星賺那麼多錢，花點錢染髮對他們來說是多麼簡單的事。」仁漢還是有所顧忌，退卻不前。

「你說的沒錯，我們就是要跟他們一樣酷、炫，染個有個性的頭髮，才跟得上流行，就不會被當成鄉下來的土包子。」

「我也想當個跟得上潮流的人，才不會每次都被同學嘲笑東、嘲笑西，人前人後說我是個『憨大呆』，聽到這個我就滿肚子氣，我真的長這樣嗎？巴不得拿把機關槍掃射回去，讓他們知道我的厲害，看他們還敢不敢這樣對我。」

「這就對了，就像小草一樣，要有志氣。不過別那麼暴力，不要對嘲笑你的同學動手動腳，我們要靠智慧，動腦筋，不是光靠拳頭，只會動力氣，那樣太俗氣。所以我們一起去染頭髮，到時候一定會讓那些嘲笑你的同學刮目相看，從此對你的印象鐵定是三百六十度大轉彎，如此一來，必能翻轉你在大家心目中的印象，何樂而不為！」

「你說的話是沒錯，聽起來很有道理，我也很認同你的看法，我一定要讓那些在我面前，還有在我背後嘲笑我的人另眼相待，只不過……」

「別再說一大堆推託了，說起話來支支吾吾的，男子漢大丈夫做事情要乾脆、果決，不要扭扭捏捏、拖拖拉拉的，別再三心二意，趕快決定吧！」明潭拍拍自己的胸脯，發出響亮的重擊聲。

「我、我、我……想再考慮考慮。」仁漢還是猶豫不決，一時無法下定決心。

「再考慮下去太陽都下山了，滿天星星都爭著跑出來一起對你笑，不管是大星星或是小星星都不會放過你，我也沒耐心再等，我可要回家睡覺，不理你了。到時候別後悔，別怪我沒邀你一起去染髮，埋怨我不夠朋友，到頭來你只有羨慕的份，繼續讓大家笑你是個不折不扣的憨大呆。」

「別這樣嘛，一定要現在決定嗎？讓我回家考慮一個晚上好不好，明天，等到明天我一定會給你一個滿意的答覆，你就行行好，答應我，讓我再考慮考慮，不要急著現在做決定，時間不用多，一個晚上就好。」

「憨大呆就是憨大呆，你就是這樣，難怪同學都嘲笑你，你再這樣，連我都忍不住要跟他們一樣笑你是個憨大呆。」

「等我，就在明天，絕不黃牛，有點耐心嘛！」

「好吧，念在你態度那麼誠懇，就等你一個晚上好了，只有一個晚上喔！我的耐心有限，夠朋友的話，可別讓我失望！」

回家後的仁漢，躺在床上睡覺時，思考著今日在學校明潭提出的事情，這讓他左思右想，翻來覆去，就像鍋子煎魚一樣，翻過來又翻過去，不知翻過多少回合，再翻下去魚都快燒焦了，還是理不出個頭緒。

要是不答應一起染髮，依明潭火爆浪子的個性，鐵定翻臉不認人，不再給他好臉色看，甚至還會怪罪他，或是指責他，強加上不夠義氣莫須有的罪名……這是何苦呢？但是，如果答應，不知後續會不會惹來什麼麻煩，到時候又該如何處理是好？又有誰會來幫忙嗎？

遲遲無法入眠的仁漢，這條魚也煎得夠久，鼻子應該老早聞到魚散發出來濃濃的燒焦味，處境太過為難又困擾，沒想到初次嘗到失眠的滋味，竟然這麼難受！

隔天一早，滿臉倦容、睡眼惺忪的仁漢，頂上散亂的頭髮忘了整理，簡直像雜草叢生一樣，東翹西翹的，他兩眼無神低著頭緩緩走進教室，差點朝座位旁的水桶撞了上去，還誤以為是同學，反射性、很有禮貌地鞠躬說：

「對不起！」

一舉一動都看在明潭眼裡，不禁脫口而出說道：

「仁漢，你是在跟誰說對不起？剛剛在你眼前的是水桶，水桶又不會說話，也聽不懂人話，根本不懂你的道歉。你是怎麼了，整個人恍神恍神的。」

「沒什麼，昨天晚上沒睡好，大概失眠了。」邊說還打了個呵欠。

「失眠！你沒瞎說吧？該不會是整晚都在玩線上遊戲，這就是老師常說的『網路成癮』喔！就像得癌症一樣，恐怕是無藥可醫，我看這下子沒救了，真是可憐！我該不會就這樣少了一個同學吧——」

「呸、呸、呸！真是烏鴉嘴，狗嘴吐不出象牙，沒一句好話，我才沒有整晚掛網，沒事都被你說成病入膏肓、無可救藥了。」

「我可不是狗嘴，你別胡說。到底是發生什麼事，害你整晚失眠？說來聽聽。」明潭追問起原因。

「還不是因為你昨天說的事，我回家考慮老半天，一直想、一直想、一直想，想得我頭都快爆炸，就是因為這樣，我才失眠的。」

「哈哈哈！為了要染頭髮才失眠，笑死人了！這麼簡單的一件事，沒想到竟然會讓你整晚失眠，未免也太好笑了，何必想那麼久呢？要是說給其他同學聽，沒笑掉大牙，我輸給你。」

「你真是有所不知，自從你告訴我之後，我可是很慎重的考慮，把你說的當做非常重要、非常重要的事情在思考，你還一直取笑我，真沒良心。」仁漢甚是抱怨地反駁著。

「好好好，念在你這麼重視，我鄭重決定不笑你。不過這件事你考慮一整個晚上，連睡覺都給省略，究竟決定了沒？和周公商量好了沒？周公有沒有給你建議，有沒有阻止你，你可別只顧著和他下棋，該不會還在睡夢中左右為難吧！」

雖然仁漢因為費用頗多和擔心後果而遲疑未決，但在明潭的催促、半推半就下還是勉強答應，和明潭一起去染頭髮，共同做同樣一件事，才是哥倆好，才能成為同一國的好夥伴。

仁漢這天沒帶到染髮的錢，就先約好隔天放學後，帶著錢，跟著明潭到他家附近的理髮廳，一起染髮。

明潭當然是指定金黃色的染劑，而且是染黃整顆頭的頭髮，一根黑髮都不許留，不要看到黑色的頭髮。至於仁漢呢？他不過是個小弟，豈可搶了獅王的風采，不能全部染成金黃色，而是黑髮和金黃色穿插著，算是挑染吧！

染髮完成後，兩人四目相視，你看看我、我盯著你，同時笑了出來。彷彿變了一個人，差點認不得彼此，不過臉型還是辨認得出來，畢竟都是同班同學，哪會離譜到認不出來。

兩人再度相視而笑，仁漢付完錢就先走出理髮廳，卻沒注意到明潭的任何舉動，更沒留意明潭並沒付任何一毛錢。

為什麼呢？因為仁漢付的錢足足可以染兩次頭髮，一次算是付自己的，另外一次就是付明潭的。明潭完完全全沒花錢，將仁漢完全蒙騙在鼓裡，神不知鬼不覺的如意算盤，這件事只有天知、地知，還有老闆娘知吧！

明潭望著理髮廳的鏡子，左看看、右瞧瞧，露出滿意的笑容，終於成為道道地地的「獅王」，然後愉悅地踏出理髮廳，又看了仁漢一眼，先是張開口學起獅子「吼！」的一聲，隨口問他一句：

「你看我像不像是獅王，怕不怕我啊！你染了頭髮看起來真是帥，又時髦，絕對不是憨大呆一個。」當然也不忘加以稱讚仁漢。

「你又說憨大呆！叫別人不要說，你自己卻先說，該不會你也是這麼認為吧？」仁漢先被突來的獅吼聲給嚇著，接著聽到明潭說的話有些抱怨。

「好好好，我不說。你仔細瞧瞧，我這樣像不像獅王？吼聲呢？吼聲像不像獅子？」明潭追根究柢般繼續追問。

「像，真是像極了，頭髮和吼聲都像，豈止聽起來是獅王，看起來簡直就是一頭金毛獅王。」仁漢煞有其事、正經八百的觀看與評論。

「金毛獅王，嗯！你說的沒錯，我就是要當金毛獅王，看看我雄壯威武的模樣，真是神氣！」昂起頭的明潭甚是威風的環視四周。

「的確神氣，不只神氣，簡直就是霸氣。」

「你說的沒錯，我不只是霸氣，我還要當個校園霸王，哈哈哈！太棒了。」

「金毛獅王，我可不可以問你一個問題？」

「什麼問題？我現在可是金毛獅王，你儘管問，我知道一定回答你，絕不隱瞞。但是你只能問我會的問題，我不會的問題，你可千萬不要問。」

「你染這個頭髮老闆娘跟你收多少錢？」

明潭愣了一下，俗話說的好：「偷來的鑼鼓不會響」，該不會是仁漢看出破綻，才會問這個問題？他故作鎮靜、若無其事，假裝心平氣和地回答說：

「當然和你一樣，這還用問。」

「什麼！和我一樣？老闆娘偏心，真是不公平，你整顆頭的頭髮都染，算一算我頂多只染一半，竟然和你收一樣多的錢，真不合理。」仁漢覺得受到不公平對待而埋怨了起來。

「好了，錢都已經付了，要不然你再回去向老闆娘抗議，說不定她會還你一半的錢。」

「我看就算了吧。要是老闆娘不肯，那不是多沒面子，多丟臉的事。」

「既然這樣，頭髮染都染了，事實已經發生，總不能又染回去，就不要再提錢的事。」

「好吧！就算我吃虧一點。」

豈止吃一點虧，根本就是吃大虧。

明潭當然不希望仁漢再回去理髮廳討一半的錢，到時候說溜嘴，不小心就穿幫、露出馬腳，那鐵定是不好了，隨即匆匆忙忙結束話題，催促起仁漢趕快回家。

我是飛毛腿

「我這金毛獅王可是飛毛腿，絕對不會輸給老師和校長們，一定要讓他們瞧瞧我金毛獅王的厲害！」

每年學校都會參加全縣的路跑比賽，這次學校正好選上明潭這一班，代表學校參賽。

潘老師接受到學務主任通知的訊息後，隨即將這消息轉告全班同學，並展開一連串的密集訓練。

為了推廣這項路跑運動，規定是以班級為單位，而且全班都要參加，不過最後的成績僅僅採計前十二名的分數，所以潘老師還是讓全班所有人參加集訓，可沒有漏網之魚！但是，身體不適者除外。

利用每天打掃後的晨光時間練習跑步，最開始老師考量大家的體力負荷，擔心有的同學會受不了，並未一口氣要全班同學練習全長兩公里的距離，而是採取循序漸進的方式。學校操場的跑道一圈是兩百公尺，需操場跑十圈才符合路跑比賽規定的距離，練習的第一週先跑五圈。

第一次練習，先由體育股長家豪帶領大家做熱身運動，跑步前老師叮嚀大家，由於是長距離的跑步，要保留體力才能有持久的耐力，切記千萬不要一開始就衝得太快、速戰速決，跑到最後恐怕會體力不濟，所以需調整好自己的呼吸和速度，盡量全程都採取跑步的動作，倘若體力真的負荷不了，不用勉強，再用走路的。

明潭總是那麼逞強，老師的話才剛說完，從左耳進，就右耳出，馬上完璧歸趙、原封不動還給老師，一開始使勁全力一馬當先，就像百米衝刺，將班上同學遠遠拋在腦後，連仁漢跟在後面呼喊著，要他先放慢腳步等一下，別只顧著自己跑，明潭似乎也沒聽見，只管自己往前衝。

進入第二圈，明潭的速度逐漸慢下來，跟在後頭的還有家豪和班長育菁。家豪擔任體育股長，運動細胞還算不錯；至於育菁儘管是女生，但她平常體能很不錯，這樣的路跑練習對她而言不是很大的問題。且育菁可是文武雙全、能動能靜，不只四肢發達、運動強，而且頭腦也不簡單，每次考試不是全班第一名就是第二名，還寫了一手好書法，代表學校參加全縣比賽時，更拿過第三名的好成績。

到了第三圈，明潭後繼無力，不但氣喘如牛，速度又變得更慢，還被家豪和育菁超前，倒是仁漢總算追上明潭，不過還是跟著他的屁股跑。落居第三的明潭雖然試圖趕上家豪和育菁，但大概是先前未控制好速度，耗盡了體力，已無法達到最一開始的速度，而且跑起來愈來愈吃力，雙腳更是不聽使喚。

眼見和前兩名的距離愈拉愈遠，明潭更是不服氣也不肯認輸，還是鼓足氣力勇往直前，不肯停下腳步。

跑完五圈，明潭雖然奪得第三名的成績，但是很不甘心地說，下回絕對贏回來，一定要挫挫家豪和育菁的銳氣，不能讓他們倆專美於前，要他們另眼看待。

練習進入第二週，潘老師提升標準，這週要挑戰八圈，每個人摩拳擦掌，想超越自己的能力。

第三週的標準就是十圈，這樣的距離才符合路跑比賽標準，有了前兩週的密集練習，大家的體力瞬間提升許多，縱使有同學無法一口氣跑完，但是跑步加上走路也都能完成全程。

跑十圈，大家不覺得是很遙遠的距離，不過跑起來還是很喘，最後共有近十位同學能順利完成，包括家豪、育菁和明潭。

有一回下課時，仁漢問明潭說：

「你知道跑得最快的是什麼動物嗎？」

「是什麼動物？」明潭反問著。

「你猜猜看。」仁漢吊著明潭的胃口，還是不說。

「老虎嗎？」

「不對，再猜猜看。」

「難道是獅子？」

「也不是，讓你猜最後一次。」

「你就乾脆直接告訴我答案，不要一直要我猜來猜去，真無聊。」

「好吧，就告訴你答案。是非洲獵豹，牠每小時可以跑一百一十二公里。」

「第一名是獵豹，那第二名呢？該不會就是獅子吧！」

「第二名還不是獅子，是美國羚羊，牠的時速是能跑一百公里。」

「第三名總該是獅子了！」

「第三名也不是獅子，獅子的排名是第六，不過時速也有六十公里。」

「那也是很快，我既然號稱『金毛獅王』，所以我的跑步當然也不能輸，也要跟獅子一樣那麼快才行。」明潭很有自信地說著。

「我們人類的速度哪比得上獅子，那是不可能的事。」

「當然不可能和獅子一樣，我指的是『像』獅子一樣快，是比喻，國語課學到的修辭，你懂嗎？上課一定不專心，這麼簡單的問題都不懂。」

「我懂，我當然懂，我們班的金毛獅王當然是跑得最快，不過……」仁漢吞吞吐吐了起來，似乎意有所指。

「不過什麼？」

「還有兩個人跑得比你快喔！」

「你是說體育股長和班長嗎？你放心，他們兩人神氣沒有落魄的久，我一定會想辦法超越他們，給他們一個下馬威，來個當頭棒喝，讓他們不再那麼驕傲，到時候可要向我俯首稱臣。」明潭發下豪語。

「你可不能耍心機，陷害他們，像是故意伸出腳來害他們絆倒，那就沒有運動家的精神。」

「你這憨大呆還說得出運動家的精神，真是不簡單！放心，我可不是小人，哪會用那種投機取巧的方法。」

「我想也是，要是這樣，那就敗壞你堂堂金毛獅王的封號了。」

自從班上練習進入跑十圈的標準，經過一個星期的苦練，老師利用星期五的晨光時間，幫大家計時，看看同學目前的狀況如何。

老師告訴大家，這是第一次測量時間，請大家自己紀錄下來，往後每個星期五都會再測量一次，看看自己有沒有進步；更表示希望大家能跟自己賽跑，不需要和別的同學比，重要的是一次比一次更好。

儘管老師一開始即提醒大家要量力而為，邊跑邊調整速度，但是不服輸的明潭，老改不掉一馬當先的壞毛病。畢竟這不是百米賽跑，一開始得保留實力，把體力分散到每圈跑道的速度，而不是一開始就要衝、衝、衝，縱使第一圈跑了第一名，但往往體力會很快耗盡、後繼無力，到最後速度自然拉不上來，所謂的「路遙知馬力」，要堅持到底，才能獲得最後的勝利！

老毛病不肯改的明潭，於是最後總是累得不成樣，遙遙望著育菁和家豪的背影，雙腿不聽使喚，想跑也跑不快，眼睜睜看他們兩人衝過終點線，事後再來懊悔，根本是黔驢技窮，讓人看破手腳！

比賽的日子終於到來，當天一早七點三十分，學務主任、體育組長和潘老師在校門口前的穿堂集合全班同學，帶領大家搭上遊覽車，準備前往比賽場地。

這時竟然出現一位特別的人物——校長，原本以為校長只是來看看大家，說幾句鼓勵的話，然後就揮揮手，目送大家搭上遊覽車出發比賽去。

可是，看校長的穿著，平常都是白襯衫搭配西裝褲，穿黑色皮鞋，頗為正式又沒什麼變化的慣例打扮，今日怎麼變得截然不同，當然不是像超人變裝的緊身衣，而是穿著校慶時印有學校英文名的白色運動服和黑色運動褲，還和大家一樣穿著運動鞋。

仁漢看到校長這一身異於平常的打扮，偷偷地低聲對明潭說：

「校長該不會也是要去路跑吧！要不然怎麼會穿這樣。」

話才剛說完，還沒聽到明潭的回應，潘老師即對大家宣布：

「今天路跑活動，除了老師會跟大家一起跑之外，校長和學務主任也會和大家一起參加路跑，大家一定要認真表現，好好加油，可不能跑輸校長和主任喔！

這時候就不用發揮禮讓精神，盡力去跑，知道嗎？」

大家聽了異口同聲、鏗鏘有力地回答：

「知道！」

真是士氣高昂，果真是被仁漢給料中，明潭悄聲地對他說：

「我這金毛獅王可是飛毛腿，絕對不會輸給老師和校長們，一定要讓他們瞧瞧我金毛獅王的厲害！可不是浪得虛名，到時候鐵定成為學校無人不曉的英雄人物。」

這些話聽進家豪的耳裡，很不以為然，馬上以嘲笑的口吻接著說：

「別自戀自誇，到時候搞不好英雄當不成，反倒是變狗熊，還真會說大話。」

「不要狗眼看人低，走著瞧，什麼大話都不用說，到時候比賽開始，看看誰厲害，那才是真本事。」明潭也不甘示弱。

「來啊。誰怕誰，尬一尬，才拚個輸贏。」家豪再還以顏色回了句。

「來啊。誰怕誰，別小看我，我可不是肉腳，我可是鼎鼎有名的金毛獅王。」

「如果你是獅王，那我就是獵豹。」

「你想得美，想當獵豹，還早得很，我一定要讓你成為我的手下敗將。」

……

兩人你說一句、我頂一句，還沒開始比賽，竟然就吹起號角鬥起嘴來，真是浪費唇舌，倒不如把這氣力放在比賽較為實在。還好老師催促起大家趕快上遊覽車，否則兩人真不知會鬥嘴到何時，搞不好還忘記要上車。

約莫搭了一小時的車程，終於來到比賽場地，那是種植一大片樹木的森林公園，遊覽車整齊地一部貼著一部，就像火車一節一節的車廂，遠遠看來真像是一列進站的火車，非常壯觀。

各校參加的選手都穿著自己學校的運動服裝，在這麼片綠意盎然的草地上，一簇簇紅橙黃綠藍靛紫各種顏色點綴著，宛如組合成一大塊的彩色拼布，看起來令人賞心悅目。

體育組長發下每個人兩塊號碼布，分別別在胸前、背後，鞋子上還綁著一片晶片卡，那是紀錄成績用的，比賽最後每個人都可看到自己的成績。

比賽開始前，各校分組依序集合在廣大的草地上，幾乎是全縣所有學校都報名參加，隊伍看起來相當壯觀。簡單的開幕式，在教育處的處長致詞之後，就由一位老師在舞台上，帶領所有參加選手進行熱身操，每個人的細胞跟著活躍起來，逐漸讓比賽升溫。

班上同學個個摩拳擦掌，按照各校事前規劃的梯次排好隊伍，準備出發。當裁判叫到學校的名字時，全班排成一路，和其他五所學校並排，這時的明潭突然穿越人牆，從後方穿梭隊伍往前走去，來到班上的排頭，想要當第一個出發者。

排在排頭帶隊的體育股長家豪見狀，不悅地對著明潭說：

「你不要擠，先回去排好，比賽快開始了。」

「我又沒有擠你，我想排前面一點，才不會被你占便宜。」

「比賽是各憑本事，我為什麼要占你便宜？你趕快排回去，不要擠來擠去的。」家豪再度強調。

這個突來的舉動被潘老師發現，立刻把明潭叫了回去，告訴他：

「路跑是個人計時賽，你不用和家豪爭排頭，排在前面或是後面都不會影響成績，誰都沒有占便宜，排在後面也不會吃虧，主要是看你鞋子上的晶片通過感應區才計算成績。即使你排最後一個，還是等通過感應區才開始記錄，所以你放心，根本不會影響，按照原來隊伍排好隊來。」

在眾人面前被老師叫回去的明潭，引來一旁他校選手們異樣的目光，特別是他滿頭的金髮，目標更是顯眼，讓他感到非常羞愧——這也是他自找的，畢竟大家都按照原本的隊伍乖乖排隊，而他自作主張過來插隊，還搞不清楚比賽的規則，這下子丟臉也是丟自己臉，真是自作自受。

等待槍聲「砰！」的一響，眾人蜂擁而上，你不讓我、我不讓你，大家都要爭取最佳的成績，不只是自己的好成績，更要為學校贏得佳績。

自詡為飛毛腿的明潭，不落人後的勇往直前，或許是太急躁了，才剛跨過感應區就被別校的同學絆倒，在地上翻了跟斗，跟在後頭的仁漢甚是緊張，立即趨上前去，探視明潭是否受傷。

還好其他選手都繞道而行，並沒有發生推擠或是連續碰撞的情形，否則要是擠成一團，那位居最底下的明潭，無處閃躲，後果可不堪設想。

仁漢及時將跌坐在地上的明潭拉了一把，起身後的明潭拍拍衣褲沾染的泥土，全身前後左右環視了一下，僅僅些許擦傷的痕跡，隱隱地滲出一點點血絲，全身再轉動一下，發覺情況還好，已顧不得手臂隱約冒出陣陣的疼痛，扭身就往前面的人群衝了過去，完全忘卻身旁好心的仁漢伸出的援手，當然也忘了道謝。

被拋在腦後的仁漢，遠遠看見明潭逐漸消失在人群中，真是拚了老命，剛剛還跌倒受了擦傷，難道不會痛嗎？還不顧一切往前衝，簡直就是在賣命，仁漢打從心底這麼認為。

路跑的路線並不都是平坦的路面，有些路段會有些許的下坡，反過來就會轉為緩緩的陡坡，下坡路段還好，但是上坡路段跑起來還真是吃力，喘息更為急促了，明潭咬緊牙根繼續向前。

陸續超越許多班上和他校的同學後，前方先看到班長育菁的身影，非得超越不可！加足馬力跨步向前，很快地拉近距離。一路上雖然放置許多杯水提供選手們補充，但明潭可不是《龜兔賽跑》中半途睡覺休息的兔子，不願因喝水耽擱，而是學習烏龜的精神，不做任何歇息，努力前進。

好不容易終於超越育菁，當下還刻意回頭，對她扮個鬼臉，又瞬間轉身繼續往前跑，他這頭金毛獅王可真不是省油的燈，竟然能把班長拋在腦後。

抬頭遠望，望見斗大的「終點」兩個字，終點即將抵達，前方家豪的背影愈來愈醒目，愈來愈近……明潭卻發覺兩腿似乎不怎麼聽話，意識上是要自己一直邁前，身體卻一直停留在後面，完全跟不上腦海所發出的指令。

明潭一再告訴自己，絕對不能停下來，只要慢下來，時間就會增加，所以無論如何一定要堅持下去，否則金毛獅王的封號可要丟盡顏面！

一趕再趕的明潭終於衝過終點線，蹲在一旁的草地上喘息，雖然不是拿第一，也躍升為全班第二，縱使心不甘輸給家豪，至少留得一點顏面，還算可以接受。

不能當飛毛腿第一，至少還有飛毛腿第二。

我一定要讓你成為我的手下敗將。

倒是當初說的大話，得打個折扣了，他反而成為家豪的手下敗將，明潭心中仍然不服氣，更嚥不下這口氣，巴不得向他下戰書，來個單挑，試圖扳回一局。

家豪雖已完成路跑，但他還是在終點後方為同學們加油，這路跑比的是團體成績，光是自己跑得快還不夠，其他同學也得爭取到最快的成績，才能拉高團體的分數，不只要自己好，也要大家都好，所以他並沒有在一旁休息，頂著汗流浹背也要繼續為同學打氣。

緊接著抵達終點的是班長育菁，其他同學也接二連三到了，大家很有默契地回頭向班上同學一起加油，頓時間班上的凝聚力發揮得淋漓盡致，彼此不分你我、互相鼓舞，就為贏得全班最佳成績，更是代表學校的成績。

喘的不成樣的金毛獅王，明潭已是分身乏術，只能暫時蹲在一旁看著，以目光迎接同學們抵達終點。

見班上同學陸陸續續抵達終點，家豪點點人頭，數啊數，全班都到齊，真是不容易，比預期中快了許多！或許是因為比賽，腎上腺素分泌旺盛，激發大家無限的潛力吧。各個輸人不輸陣，使勁發揮出洪荒之力，一定要拚出好成績。

潘老師也到了，在清點人數的同時，也見到主任和校長的身影出現在終點，所以班上每個人都勝過主任和校長，這也是可喜的事。

雖然大家都期盼知道自己的成績，以及全班的總成績，但是體育組長表示，由於參加隊伍非常多，雖然有計時器幫助統計，還是要等所有學校都完成比賽，才能進行成績的登錄，再做總成績的結算，因此成績並不會立即公布，恐怕得等到很晚才知道。

於是全班同學和校長、主任、老師們，在終點站後方處一塊大型比賽看板前拍了張大合照，留下珍貴的歷史鏡頭，大家便拖著疲憊的身軀慢慢走回停車場，搭遊覽車返回學校。

回到學校正好是午餐時間，大家準備好餐具開始打飯菜，這時學務主任忽然打電話到教室給潘老師，請班長到學務處一趟。老師示意育菁先別打飯菜，把餐具交給隔壁同學幫忙，趕快去學務處報到，看看有什麼事情。

不一會兒功夫，育菁兩手搬著一個看似有點笨重的粉紅色保麗龍箱回到教室，可見班長體力確實是不錯，路跑回來體力還是那樣矯健，有的同學根本早已累垮，兩腳癱軟在座位上，動都不想動，就連打飯菜都有氣無力，提不起精神來。

老師放下手中的筷子，好奇地問：

「那個箱子裡裝著什麼東西呢？是要給誰的嗎？」

「因為班上同學參加路跑，校長特別要請全班吃冰棒，主任還特別交代，每個人都一支，老師您也有喔！」育菁提高音量對著全班同學宣布。

大家聽到這消息，不約而同一陣歡呼，這頓午餐吃起來格外起勁，也吃得特別快，都不用老師像往常一樣板起面孔催促，幾乎每個人飯菜都吃光光，不像平常飯後廚餘一大堆，今天可是一點都不浪費食物。

原本有氣無力地吃著午餐，瞬間三百六十度大轉變，因為飯後還有冰棒可以吃，多麼令人振奮！

明潭打從心底想著，要是每天吃完飯都有冰冰涼涼的冰棒，真不知該有多好。

這天午休時間，同學們回到自己座位，很快便鴉雀無聲，進入了夢鄉。靜悄悄的氣氛就像某廠牌的冷氣廣告詞：「安靜無聲」，格外安靜，完全不用風紀股長東提醒、西點名，因為大家真的都累了，想好好地休息。

晚上明潭買完知名的排骨便當回到家裡，正準備大快朵頤，突然電話鈴聲

「鈴——」響了起來，他很不悅地放下筷子，要去接電話。

心底想著，這時候會是誰打來？怎麼這麼會挑時間，選在吃晚餐的當下，讓他一口都還沒吃到，就要來接電話，該不會是媽媽打回來問吃過晚餐了沒。

每天晚上，差不多這個時間，明潭準備要吃飯，媽媽的電話就打來，彷彿家裡裝了天眼一樣，問的都是同樣的問題：吃晚餐了沒？

這樣的問話千篇一律，讓明潭覺得一點新鮮感都沒有，他也覺得很煩，長這麼大了，怎麼會讓自己餓肚子，除非是玩過頭。殊不知，在媽媽眼裡，他終究是個孩子，總是少不了媽媽數不盡的操心。

接過電話後，那頭傳來「喂！」熟悉的聲音，應該就是仁漢，但還沒聽對方說話，他就搶著抱怨：

「你早不打晚不打，就挑我吃晚餐的時候打，莫非你未卜先知、神機妙算，知道我正要吃飯，害我一口都沒吃到，餓著肚子就來接你的電話，難道你要請我吃晚餐嗎？」

「我剛剛也打過好幾次你家電話，但都沒人接，我才再打這通。誰說一定要我請你吃晚餐？你也不用客氣，要請我吃晚餐就說，不打緊，我一定排除萬難答應你的邀請，不過要下次，今天的晚餐我已經吃過了。」

「你講了一大堆的話，重點都沒說，到底是要做什麼？有話快說有屁就快放。」明潭不耐煩地說。

「吃晚餐還說這種話，沒營養又不衛生。我打這通電話不是要請吃晚餐，而是要告訴你，我們今天的路跑比賽拿到丙組的第六名，我們這一組學校將近五十所，錄取前六名，我們剛好第六名！」

「哇！太棒了！該感謝我金毛獅王，不對，是飛毛腿，跑出好成績，班上才能獲獎，你說對不對？」明潭就是不忘攬功。

「別臭美了，還有家豪跑得比你快不是嗎？聽別的同學說，這是我們學校第一次前六名，算是最佳成績，這應該是大家努力的成果，是大家的光榮。」仁漢倒是把功勞留給了全班同學。

「說什麼誰的光榮，少了我一個，搞不好就掉出六名外，光榮就如煙一樣消失，可要感謝我才對。……」明潭一直說個不停，繼續在邀功。

說來說去，明潭還是要搶功勞，往臉上貼金，一副居功自傲的神情，仁漢也拿他沒轍，不過，這的確是件好消息。

密集恐懼症

「想不到金毛獅王也有害怕的東西！真是意外，我看你在學校就像森林之王天不怕、地不怕的，勇敢的像百毒不侵的鋼鐵人一樣，怎麼對這些看似稀鬆平常的東西這麼畏懼呢？」

上了一節的數學課，大家已經被整數四則運算搞得昏頭轉向，光是先乘除後加減，看似簡簡單單的計算順序，還是讓大家腦海思緒團團轉，如同纏繞的線團理不出線頭，直到「救世主」終於現身，那就是下課「噹——噹——噹——」的鐘聲。

潘老師很快結束講課，隨即從講桌上拿起一張紙，上頭印著密密麻麻的字，要對大家宣布事情。

心早已飛出教室的明潭，總算可擺脫數學的糾纏，巴不得立刻衝到籃球場，太晚去場地就被別班同學占滿，不知老師還要說些什麼，眼睜睜時間就這樣白白浪費掉，嘴裡念念有詞地說怎麼還不讓大家下課。

老師向大家說明學校要辦理登山活動，這座山是百岳中的其中一座，採自由報名參加，完全免費，只限定四年級以上的同學報名參加，詳細辦法會張貼在公布欄；機會難得，對登山有興趣的同學可以挑戰看看，如果想參加就直接到學務處拿報名表報名。

這訊息引來班上同學的關注，明潭聽完很感興趣，就當做是搶頭香一樣，一馬當先第一個跑去看簡章，老師都還沒用圖釘釘好，他已經探頭探腦爭著想看個清楚，老師不耐煩地說：

「不要急，等我釘好再仔細看，要看多久就多久，你擋在這裡我怎麼釘啊！暫時離開一點，別礙著，毛毛躁躁的急性子真是改不了。」

吃了閉門羹的明潭，勉勉強強暫時退了一小步，不願意退得太後面，為免被其他同學搶先一步，還藉由身體擋在大家面前，一旁有幾位同學不約而同圍過來，包括家豪、育菁兩人。

隔一節下課，當仁漢急著要去籃球場時，前腳剛跨出教室，就被明潭給叫住，後腳還停留在教室內，明潭問他對登山有沒有興趣，要不要一起報名參加。

仁漢停頓並思考了一下，用保留的語氣說著：

「我沒爬過那麼高的山，不知道有沒有辦法爬完，還是別自討苦吃，自己為難自己。」

「我也沒有爬過，雖然山聽起來那麼高，不試試怎麼知道有沒有這個能耐，總要試了才知道，不是嗎？」明潭再度吆喝著一起參加。

「可是，我有點害怕，何苦給自己出難題。」

「難怪同學都說你是憨大呆，連爬個山都畏畏縮縮，別再那麼沒自信，勇敢點，我們一起報名參加好不好？」

「我回家問問我爸媽，同不同意讓我參加。」

「又要等到明天。真是的，每次都這樣，你不要每次都要考驗我的耐心。」明潭覺得不耐煩。

「不是我故意要找你麻煩，讓我回去考慮考慮，當然也要問問爸媽答不答應。」

「好，就這麼說定，明天，千萬不要拖拖拉拉。」

隔天還沒進校門，兩人就在上學途中相遇，明潭迫不及待問起仁漢參加登山的意願，仁漢點點頭表示同意。

進了校門之後，明潭沒先教室，直接跑到熟悉的學務處拿報名表，主任老早已在辦公室的座位上，他看到明潭，順口問說：

「怎麼一大清早就來學務處報到，都還沒開始上課，你又惹了什麼麻煩？是誰要你來學務處的？主任還是要再一次提醒你，你來到學校是要上學念書的，不是來和同學吵架的。」

「報告主任，我沒做什麼壞事，沒人叫我來。」明潭堅定地說著。

「那你來學務處要做什麼？」主任反問。

「我是要拿登山活動的報名表。」

「喔！是要參加登山，報名表在窗台的籃子裡，你自己拿。」

「一次只能拿一張嗎？」明潭又問道。

「一個人當然只拿一張，拿那麼多張有什麼用。」主任不禁質疑。

「我不是這個意思，我是說可以幫同學拿報名表嗎？」

「這還用問，當然可以啊！需要幾張，你自己算好。」

原來仁漢躲在學務處的外頭，並沒有跟著進去，不知是不敢進去還是有其他原因，於是明潭也幫他拿一張報名表，兩人才能一起參加登山。

沒想到才拿完報名表，家豪剛好進來了，向主任表示要拿登山的報名表，見到明潭也在，隨口對他說：

「你怎麼那麼倒楣，一早就被主任叫來訓話，難怪是學務處的常客，真是本性難改，還丟我們班的臉。」

「你才丟我們班的臉，我可沒做錯什麼事，我是來拿登山報名表，不相信你直接去問主任，別老是口無遮攔要冤枉人，我看你才是狗眼看人低。」明潭也不是省油的燈，話鋒反射回去。

「報告主任，真的是這樣嗎？」疑惑的家豪轉身向主任問。

「沒錯，他和你一樣也是來拿登山報名表的。」

「沒騙你，我說的沒錯吧！不要老是一副高姿態瞧不起人，你可沒有特權，登山可是自由參加，也不是只有你能報名。」明潭不平地說著。

「我哪有耍什麼特權，大家都一樣要報名參加登山，倒是你，平常到處惹麻煩，我看學校應該限制你不能參加。」

「憑什麼這樣說！」明潭緊握拳頭，很不服氣地說著。

「看你平時的表現，一定讓學務處的主任、老師們對你很傷腦筋，實在不應該讓你報名。」

兩人你一句、我一句的鬥個沒完，音量也愈拉愈高，驚動了座位上的主任，他忍不住，嚴肅地開口：

「你們兩個人吵完了沒，把這裡當戰場嗎？碰在一起就吵架，到時候誰敢帶你們出校門去登山，再這樣吵下去，乾脆你們兩個直接取消報名資格。」

「主任、主任，對不起，我們不吵了，可不能取消我們報名資格。」家豪率先回答。

明潭深怕引起主任不悅，連忙接著說：

「主任，我也不吵了。」

「那還不趕快回教室去，別忘了報名期限，超過時間就不收了。」

只見明潭和家豪兩人拿著報名表，立即高掛免戰牌，很識相地停止煙硝般的對話，以免被取消報名資格，那可真是得不償失。兩人同時轉身離去，很有默契地分道揚鑣，一個走前門、一個走後門，誰也不干擾誰，免得又要為搶著走出學務處大門吵個不停。

自從報名參加登山活動後，主任特別提醒參加的同學，平時要多運動，好好地鍛鍊體力，才能順利完成登頂。

明潭這一班的同學先前因為參加路跑，靠著平日練習大大提升了體能，當然他也不例外。不過接下來，班上只有少數幾個人報名參加登山，不可能用晨光時間讓全班同學陪著報名同學一起訓練，明潭只能利用「課間活動」下課二十分鐘的時間，吆喝仁漢一起去跑操場，一口氣就要跑個十圈，非常有決心。

倒是爬山的經驗對明潭而言是缺乏的，這是因為他星期六、日的放假時間，媽媽依然要上班。假日時的明潭媽媽工作更加忙碌，因公司是不准假的，只容許在星期一到星期五之間排輪休，縱使能放假休息，明潭也要到學校上學，於是兩人時間總是陰錯陽差，像兩條平行線無法配合。

面對假日工作的繁忙，以及視錢如命的嚴苛老闆，根本不曾考量員工家庭生活，更沒想過讓員工休個假，促進親子關係，儘管媽媽很希望找個時間帶明潭去爬山，或是到處走走逛逛，始終不曾帶他去爬任何登山步道，甚至一同出遊過，有時還真不知如何安撫明潭反彈的情緒。

缺乏爬山經驗，沒有實際練習的機會，那該如何是好？明潭把這煩惱告訴仁漢，仁漢倒是馬上提出一個解決方法，那就是假日請爸媽帶他們到附近的登山步道體驗一下。

明潭覺得這是不錯的方式，反正仁漢也要去，擇日不如撞日，兩人立刻約定這個星期日一起去。明潭希望媽媽能陪他一起，但媽媽依然為難的表示無法請假，那也是意料中事，失望之餘還是期待著星期日的到來。

星期日早晨八點，約在明潭家巷口的五金大賣場碰面，仁漢的爸媽開車載著他和妹妹仁萱，準時來到約定地點，明潭很快上了車，一行五個人驅車前往附近的登山步道。

看仁漢全家人都可以一塊出門，特別是有媽媽陪伴真好，明潭內心羨慕不已，反觀自己，總是一個人，顯得有些落寞。

登山步道前的停車場非常廣大，但是放眼望去，幾乎被一部部的車輛給填滿，而且一排排還停得極為整齊，就像是閱兵的隊伍一樣，繞了好大一圈，好不容易才在一個角落找到停車位，萬萬想不到這個登山步道真是熱門，連停個車都難。

從停車場進入步道入口，沿路人潮絡繹不絕，左側人潮是已經走下山來的，汗水淋漓的準備打道回府，肯定是天剛亮一早就來了，屬於第一波的人潮；走在同是右側的就像明潭一行人一樣，才剛要出發，屬於第二波的人潮。來來往往、摩肩擦踵的登山客，幾乎把整條馬路給占滿。

還有一個特殊的景觀，除了人潮門庭若市，道路兩旁排滿各式各樣的攤販，賣蔬菜、水果、山產、防曬用品、運動衣物等，彷彿開設露天的大賣場，琳瑯滿目的物品任君選購，下山的登山客各取所需，手中或多或少都有戰利品，殊不知登山健行之外，還兼具逛街購物的樂趣。

剛要進入正式的步道起點，發現一旁有規劃整齊的小農市集，搭好一格一格的帳篷，上頭還依序編號。

仁漢好奇地問爸爸：

「這裡好像是菜市場，會不會是大賣場特地來擺攤呢？」

「當然不是，這是提供給當地附近的農民，把平時栽種的蔬菜或水果，陳列在此處販賣，算是提供農民們銷售的據點。」爸爸回答著。

「為什麼只讓他們來這裡賣東西，別人不能來賣嗎？讓更多人來賣東西不是更熱鬧嗎？」妹妹仁萱有點不解地接著問。

「由於時下一直強調在地消費、產地直銷，所以有許多登山客到此消費，無形中增加農民們的收入，也算是幫助在地農民的具體行為。」

「我知道，我們社會課本有提到，在地消費可以減少碳足跡，對不對？」仁漢得意的說著。

「沒想到你還懂得碳足跡這名詞，可見你上課還頗專心的。」媽媽接著說。

「減少碳足跡也是環保愛地球的表現，就像搭乘大眾交通工具或是走路一樣，都可減少二氧化碳的排放量，對不對？」明潭補充說。

「沒錯、沒錯，大家都有環保概念非常好。」仁漢的爸爸豎起大拇指稱讚。

一行人邊說邊前進，一開始就是好長的木棧道，一階接著一階，明潭和仁漢兩人已奮不顧身，爭相走在前頭，就像參加路跑那樣的衝勁，勇往直前。

路跑畢竟只是在平地，跑起來容易些，而這木棧道是往上一階階，每一階都有高度，要用跑的根本是難上加難，且讓心跳加速，呼吸更為急促，沒多久已是氣喘如牛，兩人只好像龜兔賽跑故事裡的兔子一樣，先在一旁喘息，好好休息片刻。

休息的同時，發現身旁一棵樹，上頭爬著好幾隻獨角仙，瞬間吸引住他們的目光，明潭不解地問說：

「這獨角仙怎麼分辨公的或母的呢？」

「這還不簡單，有長長犄角的就是公的，看起來就一副雄壯威武的模樣；沒有犄角的就是母的，身體也較為嬌小。」仁漢一一回答著。

「在學校同學都叫你憨大呆，真是叫錯了，沒想到你這麼懂獨角仙，的確厲害，應該改叫你昆蟲博士才對，你是怎麼知道的？」

「我是看昆蟲圖鑑才知道的，那你知道獨角仙爬的這棵樹叫什麼名字？」

「很像是樟樹，對不對？」明潭摸摸頭問著。

「不是樟樹，這棵樹叫光臘樹。獨角仙喜歡吸它樹枝的汁液，所以你看到灰白色樹皮上，一塊塊拉鍊形狀被啃食的直線痕跡，很像在光蠟樹上貼藥膏，更像拔罐後留下的圓圓痕跡，這就是獨角仙的傑作。」

這時仁漢的妹妹仁萱趕了上來，看見光臘樹上的獨角仙，開心地叫了起來，聲音宏亮的對後方的爸媽說：

「爸爸媽媽，你們快來看，好多獨角仙，我好喜歡！我們可不可以抓幾隻回家養呢？」

爸爸趨向前來，搖搖頭對她說：

「不行，讓牠們在大自然生活就好，我們不要干擾牠們。」

「為什麼不能呢？獨角仙又不是人類養的，而且你看，到處都是，這麼多，捉幾隻回家不會怎麼樣吧！」仁萱一副理所當然地表示。

「是啊！爸爸，我也想養獨角仙，捉幾隻回家養，每天都可以觀察。」仁漢附和著。

「爸爸跟你們說，這個季節是獨角仙覓食、求偶、交配、繁殖的季節，可不能去捉牠，我們只要用觀賞的心代替捕捉。先前新聞曾報導，有許多遊客看到獨角仙，和你們一樣都很喜歡，就擅自捉走公的獨角仙；母的沒有犄角，所以都只留下母的獨角仙，幾乎是要上演求偶記。你看，這樣牠們就不能繁衍下一代了，所以明年這個時候，我們就再也看不到獨角仙，到頭來，我們人類就是破壞獨角仙生態的罪魁禍首，你們說是不是？」

「我們知道了！觀察代替捕捉。」「不可以破壞生態！」兄妹倆異口同聲表示贊同。

一旁的明潭聽著，也活生生上了一堂寶貴的自然生態觀察課，當然他也告訴自己，就讓獨角仙們自由自在地活在大自然，而且，觀賞代替捕捉。

一行人繼續向前，沒多久，仁漢指著另一旁的樹木，對著明潭說：

「明潭，這棵就是你剛剛說的樟樹，和光臘樹是不同的，你過來看看，是不是不一樣。」

正當明潭向前要看個仔細時，頭一抬，兩眼直視樟樹那身細緻深溝縱裂紋的樹幹，剎那間，一陣頭皮發麻，整個人渾身不自在，身體還差點失去重心而站不穩。

仁漢發覺有異樣，問他：

「你是怎麼了，怎麼突然身體不舒服，還好嗎？」

「不知為什麼，我剛剛看到樟樹樹幹上密密麻麻的紋路，就覺得莫名的恐怖……不只頭皮發麻，還有點雙腳發軟的感覺……」明潭斷斷續續地，說出內心的感受。

一旁仁漢爸爸聽到他們對話，關心地問說：

「明潭，你剛剛說看到樟樹樹幹密密麻麻的紋路就會有頭皮發麻的感覺，以前還看過什麼東西也會特別敏感嗎？」

「讓我想想看……啊！想到了，在學校操場旁邊的一棵大榕樹上，曾經有個蜂窩掛在上面，我抬頭看到那個蜂窩也會有相同的感覺；還有一次是在學校停車場旁的臺灣欒樹下，打掃的時候，看到落葉背面黏著荔枝椿象的蟲卵，一顆顆圓圓排列成一片的淺綠色蟲卵，瞬間嚇了一大跳，整個人起了雞皮疙瘩，覺得非常噁心，還有頭暈的感覺……」

「想不到金毛獅王也有害怕的東西！真是意外，我看你在學校就像森林之王天不怕、地不怕的，勇敢的像百毒不侵的鋼鐵人一樣，怎麼對這些看似稀鬆平常的東西這麼畏懼呢？太不可思議了，我對這些東西倒是沒有任何特別的感覺，沒想到你也有天敵，改天我就拿這些東西來嚇嚇你，到時候你就嚇得向我求饒。」

仁漢好奇又是竊笑。

「仁漢，大家都是同學，不可以這樣，趁人之危是不好的。明潭對密集排列的物體、小小的孔洞等非常敏感，會有不舒服的感覺，產生不自主的恐懼，甚至頭暈、噁心、嘔吐等現象，這應該就是所謂的『密集恐懼症』。」爸爸很有耐心地解釋著。

「什麼！密集恐懼症，怎麼從來都沒聽過這名稱，我只聽過懼高症，怎麼還有這種很奇怪的恐懼症？」明潭露出驚訝的神情。

「我還聽過班上有位同學有『幽閉恐懼症』，只要在一個密閉的空間就會焦慮、恐慌，所以她都不敢去參加刺激又富挑戰性的密室逃脫遊戲，她甚至連搭密閉空間的電梯、坐在黑暗的電影院裡看電影都會害怕。」仁漢接著說。

「仁漢的爸爸，你對密集恐懼症那麼了解，有沒有可以克服或治療的方法？」明潭想要進一步了解。

「我雖然不是醫生，但我曾經看過一些這方面的報導，如果有這樣的情形，就像懼高症一樣，直接迴避、躲開來就好，也就是說不要繼續看著會讓你不舒服的事物，對生活應該不會產生太大的影響；其他還有暴露療法、減敏法、催眠治療等，不過如果沒有影響日常生活，其實一切順其自然就好了。」仁漢的爸爸神情輕鬆地回答著。

現學現賣的明潭，立即離開樟樹的身旁，不要在此處流連，減少遇見過敏物的機會，繼續向前走，心境也就自然恢復往常。

「明潭，你快看，這是什麼？」仁漢有了新發現。

「不要再嚇我了，你很故意喔！」明潭抱怨著。

「我不是要嚇你，你看這棵龍眼樹樹梢的嫩芽上，有一隻昆蟲爬在上面。」仁漢用手指著樹梢。

「我看看……你看，背部黃褐色，胸部和腹部布滿厚厚的白色蠟粉，這就是荔枝椿象。」

「你怎麼知道這是荔枝椿象？」

「學校自然課時老師介紹過，你都沒注意聽，我在學校停車場旁的臺灣欒樹下也常常見過，你可不要去碰牠喔！」

「看起來應該不會咬人，牠位置沒有很高，又動也不動……小心點，不要驚動牠，我捉過來仔細觀察一下。」仁漢盯著那蟲，對明潭的話充耳未聞。

「不行，千萬不要去碰牠，牠遇到外來攻擊，臭腺會噴出臭液，這液體可是具有腐蝕性，皮膚或眼睛若不慎接觸到臭液，會造成灼傷甚至有失明危險。」明潭即刻制止並提醒道。

「這麼可怕！還是不要碰牠，離遠一點，可是我想找找看有沒有淺綠色蟲卵。」

「你不要故意嚇我，快走吧！」

「好好好，我不找蟲卵，繼續走吧！」

好不容易走到了步道的制高點，一個寬敞的平台，一旁設置了許多石椅供山友們休息，坐在石椅上讓微風輕拂，格外的涼爽；不遠處還有兩位音樂演奏者，一是吹陶笛、一是吹薩克斯風，完全免費現場欣賞即興表演；又可居高臨下，視野非常遼闊，俯視著山下一覽無遺的風光，多麼愜意！

由於此步道難度不高，可以說是老少咸宜，山友過往迎來，可以看見銀髮族相約、或父母親帶著小孩等老老少少，川流不息的人潮。

起身接著出發，依然是一階階的木棧道，經過一大片的果樹，轉個彎來到一大片空地，許多山友坐在低矮的塑膠板凳上，喝著一碗碗的魚丸湯。還沒喝到，為什麼知道是魚丸湯呢？

因為一座魚丸伯的人形立牌就在眼前，既然叫魚丸伯，想必是賣魚丸湯。仁漢的爸爸問大家：

「你們聽過魚丸伯的故事嗎？」

「不就是賣魚丸湯嗎？還有什麼故事？」仁漢問著，有點不以為然。

「我知道了，是不是魚丸伯為了吸引顧客、招攬生意，邊賣魚丸湯，然後像學校的故事媽媽一樣，說故事給大家聽，對不對？」仁萱天真地回答。

「不對，不對，不是魚丸伯要說故事，魚丸伯的故事就讓爸爸說給你們聽。」

「太好了，我最喜歡聽故事了！明潭哥哥你趕快過來一起聽我爸爸說故事。」仁萱開心地說著。

「好，我也想聽魚丸伯的故事。」明潭向前兩三步靠了過來。

「魚丸伯小時候家裡是賣包子，長大後並沒有繼承家業，獨自外出打拼，可以說是白手起家，後來成為兩家汽車修配廠的老闆，員工也聘請好幾十人，之後因轉投資不順利，造成資金周轉不靈，面臨破產的命運，唉！運氣真是不好，老闆也沒得當，差點變成無業遊民。」爸爸停頓後嘆了一口氣。

「沒當老闆，那後來呢？後來呢？」仁萱追著問後續發生什麼事。

「生意失敗後，他就去學習做虱目魚丸，學成後想要獨自開業，找到這個熙來攘往的登山步道，決定在這兒賣魚丸湯。由於料好實在、現做又便宜，既新鮮又美味，所以獲得許多山友的一致好評，一傳十、十傳百，口耳相傳之後，生意愈做愈好，許多人來爬山，一定不會忘了品嚐這個回味無窮的好滋味。」

「那魚丸伯一定賺很多錢囉！」仁漢接著說。

「那我長大也要學魚丸伯一樣來賣魚丸湯，也像他一樣賺大錢。」明潭打著如意算盤搶著說。

「可別來跟魚丸伯打擂台、搶生意，他雖然賺了不少錢，但是想起昔日大起大落的海海人生，格外珍惜現今的成果，所以他秉持著取之社會、用之社會，回饋社會的心，每個月都會到偏遠的小學義煮，免費煮虱目魚粥和魚丸湯給全校師生享用，後來獲得許多山友共襄盛舉，自動自發主動參與義煮的行列。」

「真是令人佩服，真不簡單。」仁漢豎起大拇指讚嘆著。

故事就講到這裡，來，我們每人叫一碗魚丸湯親自品嚐，實際體驗魚丸湯的美味，以行動支持魚丸伯，也支持義煮善行。如果一碗不夠，還不過癮，就再叫一碗，沒關係，來找個位置坐下來。

「可是，可是……」明潭猶豫了一會兒。

「明潭，你是怎麼了，不喜歡喝魚丸湯嗎？莫非你對這美味的佳餚也過敏，會頭皮發麻嗎？」仁漢關心地問著。

「倒不是遇到會讓我產生密集恐懼症的物品，而是我今天出門忘了帶錢。」

「這你不用擔心，今天我請客，你想吃幾碗就叫幾碗，放心地吃吧！」仁漢的爸爸大方地說。

隨即又補充道：

「不是只有明潭，你們兄妹倆也都一樣。」

果真，明潭和仁漢就不客氣地吃了兩碗，速度還挺快的，真以為這是要比賽大胃王，那魚丸伯可得再煮一大鍋才夠；倒是仁萱胃口小，所以只吃一碗嚐鮮。

這一趟登山初體驗，當做一次練習的機會，明潭終於體會到登山的感受，這也是最主要的目的。不過在這過程中，他也學習了在大自然生態的天然教室，如何與自然環境相處，才能有永續的生存之道，更發現密集恐懼症，也聽到魚丸伯奮鬥人生的故事，真是收穫滿行囊，可謂不虛此行。

「明潭，你長大真的要賣魚丸湯嗎？那我一定是你的忠實顧客。」仁漢點點頭表示支持。

「魚丸伯這麼有愛心，我不要和他搶生意，以後有機會常來這兒吃就好。」明潭打退堂鼓回答道。

會滑雪的獅子

「要是能滑雪，我也想嘗試看看，看看金毛獅王如何在雪地展現滑雪的英姿。」

自從有了初次走過登山步道的經驗，明潭誤以為報名的登山活動一樣是那麼輕而易舉，就像吃飯那麼簡單、容易。

倒是家豪知道這次登山，要挑戰的是在百岳群山中排行第三十五名的高山——合歡山東峰，高度有3421公尺，在這座高山的七座群峰中排行第二，所以他還是按部就班地繼續做體能訓練，讓自己的身體狀況維持在最佳狀態，才能做好登山的萬全準備。

出發前一天，學務主任利用課間活動時間集合報名參加登山活動的二十一位同學，原本有二十三位報名，後來臨時有一人突然表示要放棄，另一位六年級的同學則因感冒，所以自動取消報名。

在報名參加登山活動的人員中，光是明潭班上就占了四位，還包括仁漢、家豪和育菁等三人，這幾位都是路跑的好手，所以懷抱著遠大的志向，想挑戰攀登高山登頂的雄心壯志。

主任在穿堂依序點名，有幾位同學姍姍來遲，還讓主任高聲催促，先是發下行前注意事項，提醒事前要準備的物品。在平地天氣看似炎熱，但是到了高山，溫度就會下降許多，特別是在山頂風吹過來時，會特別寒冷，所以一定要帶一件可以擋風的薄外套，也可戴帽子或頭巾來保暖。

是晚，明潭想到明天要攻頂，格外的期待，不只如此，還興奮到睡不著覺，滿腦子都在想這件事情，躺在床上東翻西滾，真的像是煎魚的動作，終於體會到仁漢曾經向他說過失眠的感受。

朦朦朧朧間，彷彿看到一頭金毛獅王，威武地占據山頂，由上往下對著大地的萬事萬物嘶吼，多麼地威風、神氣，展現我就是森林之王的雄壯氣勢。

或許是因為很晚很晚才入睡，一清早，鬧鐘雖然盡責又勤勞地響個不停，但是明潭半夢半醒間伸出手來，順手又給按掉，繼續好眠。

直到媽媽進到房間探視起床與否，用正常的音量叫了幾聲，方才驚醒夢中人，明潭揉揉眼睛問說：

「媽，現在幾點了？」

「七點半。」

「什麼！七點半！糟糕，遲到了！」明潭驚慌地立即跳起來。

「遲到，不會吧！你平常不是都七點四十分之前到就好。」

「平常是平常，今天不一樣。媽，妳怎麼不早一點叫我起床？」明潭不分青紅皂白抱怨著。

「我哪知道你今天要七點半就要到學校，又要參加路跑比賽嗎？」

「不是路跑，是登山。糟了，遊覽車不曉得會不會開走了，這下子該怎麼辦？」明潭一臉慌張。

電話鈴聲就在此刻響了起來，明潭不敢接，還特地請媽媽來接電話，是學務主任打來的，這就是他擔心的事。主任詢問明潭是否已到學校，還是身體不適無法參加登山活動？

媽媽表示立刻會載明潭到學校，麻煩主任再等一會兒。電話一掛，也就忘卻剛下班的朦朧雙眼、疲憊身軀，騎著摩托車載著明潭向學校疾駛而去。

甫抵達校門口，媽媽車還沒停妥，明潭即一躍而下，三步併作兩步，直奔穿堂。只見主任、體育組長和同行的成員們，每個人用那斗大的雙眼，直勾勾看著他抵達，又好像是瞪著他，讓他感到無比愧疚，這麼多人都苦苦地等著他。

「明潭，你怎麼這麼不準時，你不知道守時是很重要的嗎？原本打算不等你，我們直接出發，要不是你的媽媽再三拜託，我們早就在路上了，下回再這樣，你就不要參加！」主任很是不悅地說著，並警告著。

低著頭不發一語的明潭，知道是自己理虧，那些刺耳責備話語只好硬著頭皮默默接受，不敢回嘴，誰叫自己遲到，怪不得誰，該吞還是得吞下去。只是事後又要找一大堆藉口，還賴著仁漢說，怎麼沒有早一點打電話給他，讓他遲到被罵。

明潭可真會逃避責任，明明是自己的錯，還要拖個替死鬼來墊背，一開始埋怨媽媽沒早點叫他起床，現在又怪罪到仁漢頭上。可憐又無辜的仁漢，實在是有理說不清，但他不願繼續爭辯，反正今天的重頭戲是要攻頂，不想浪費沒有意義的唇舌。

同行的成員除了學生二十一人之外，包括主任和體育組長，還有一位大學教授和兩位助教，總共是26人，剛剛好把一部中型巴士坐得滿滿的，沒有留下任何空位，這回和參加路跑所搭乘的大型遊覽車不同，因為要經過許多狹窄的山路，基於行車安全，還是中巴適合些。

才剛坐上中巴，家豪一旁對著育菁說起風涼話：

「妳看看滿頭金髮的明潭，還自稱森林之王，真是臭屁，我看根本是『遲到大王』，害大家等那麼久，耍什麼大牌，還以為自己真的是大明星，大家都要看他臉色，排隊迎接他，真是馬不知臉長，猴子不知屁股紅。」

「實在不應該，你看主任等得火冒三丈，差點連我們都遭池魚之殃。」育菁附和著。

「你們兩人不要嘀嘀咕咕在背後說人家閒話，製造謠言。」仁漢低聲地辯解。

「我們可是實話實說，沒有加油添醋，怎麼能說我們在製造謠言，我們大家都準時集合，要是明潭不遲到的話，就可以早一點出發，要怪就要怪他，不怪他要怪誰。」家豪接續也指責起明潭。

獅子的聽覺應該是很靈敏的，家豪對他的抱怨毫無阻攔地傳入明潭的耳朵，而明潭怎能當做沒聽到呢？馬上毫不客氣地說：

「你們兩個在說我的壞話對不對？」

「你可不要打人喊救人，自己做的事就要自己承擔，不要老是把責任推給別人。」家豪也不甘示弱地說。

「明明就是在我背後說我的壞話，批評東、批評西的，一點水準都沒有。」

「你才是潛水艇。」

「啥？」明潭一臉疑惑。

「潛——水——艇。」家豪加重語氣，一個字一個字說著。

「你這話是什麼意思？」明潭還是一臉疑惑。

這時，仁漢對著明潭說：

「他是說你才是沒水準。」

「你再說一次看看，我絕對不會善罷干休。」明潭氣匆匆地轉向家豪，戰火一觸即發。

一旁的育菁聽到他們兩人一上車就像鬥雞一樣吵個不停，實在看不下去，出言制止：

「你們兩個真吵，在學校吵就算了，嫌吵得不夠嗎？出了學校本性不改，還要吵下去，而且是在這麼多人面前，現在主任、組長、教授、助教也都在，大家都是同班同學，別丟臉了，讓嘴巴休息休息好嗎？留點體力來登山吧！」

兩人欲言又止，睜眉怒目，一時不願停息這場煙硝味十足的戰役，但出門在外，無理取鬧總是不好受，鬧得整車沸沸揚揚，豈非掃了大家興致勃勃的好心情；還是識相點，就如育菁所言，留點體力來登山，才是實在話，方是展現自我的最佳表現，而非在此逞口舌之快，兩人遂解衣卸甲，從槍林彈雨中停止這場紛爭。

巴士沿途從國道接至一般平面公路，漸漸駛入蜿蜒的山路，逐漸感受到爬坡的向上力量，由於是山路，彎彎曲曲的道路行駛起來常有搖晃感，剛開始還覺得像在搭變化不多的雲霄飛車，感到跳動的趣味，但經過連續的彎路就變成不斷的搖搖晃晃，部分同學的心情從興奮高昂急轉直下，開始出現頭暈身體不適的反應。

育菁忍不住嘔吐，坐在最後座的一位六年級男生也跟著吐，沒多久又有一位女生也吐了，嘔吐的情形接二連三發生，教授就請巴士司機先在就近的超商停車，讓車上所有人先行下車休息，搭了近兩個小時的車程，一方面上廁所，另一方面散散步、呼吸新鮮空氣，特別是嘔吐或是暈車的同學。

主任特地上前關心嘔吐的幾位同學，詢問身體狀況，除了暈車之外，是否出現高山症，會有噁心、全身無力、頭痛等生理反應？如果身體真有不適，就不勉強繼續登山的行程，直接在此處休息，等待同學們登山返回時再會合。

大家互相看了看，不知是要看誰舉手放棄，或看到有人舉手自己才敢跟著舉，主任像雷達一樣掃瞄所有人，發現竟然沒有人舉手，雖是如此，但他還是不太放心地再三確認：

「大家衡量一下自己的身體狀況，如果身體真的不舒服，沒有關係，就在此地休息，不要逞強。」

一片寂靜，只見大家的眼珠子四處亂竄，呈現動靜強烈對比的有趣畫面，依然沒人舉手，亦即表示大家都想堅持下去，懷抱攻頂的企圖心。

一行人上車後繼續前行，緯度愈來愈高，巴士行走在一邊是山壁一邊是山谷的山路，看似有些險峻，但是教授提醒大家，沿著山壁往上眺望，即可欣賞開著一簇簇紅色、粉紅、白色花朵的高山杜鵑，放眼望去一片片盛開的杜鵑花海，花團錦簇的美麗景致，這般美景，在平地可是看不到。雖然不比日本北海道知名景點富良野的薰衣草花田，但是不用搭飛機出國就可欣賞。

另一側即是一座座的崇山峻嶺，層層疊疊，宛如進入山水畫的意境中。教授指著窗外，細說起一座座山的名字，好像教室裡老師點著學生的姓名，朗朗上口的山岳名稱，有的也未曾聽過，教授竟然像家常便飯一樣的熟悉，讓明潭不只看得眼花撩亂，聽得「耳」花也撩亂。

半途還遇到交通管制，本以為恐怕無法上山，那豈不是前功盡棄。教授拿起麥克風告訴大家：

「因為前一陣子的豪雨下個不停，磅礡的雨水沖刷路基，造成山路掏空，現在進行搶修中，所以僅能單線通車。請各位稍安勿躁，先耐心等候，等對向下山車流通過後，就會輪到我們，別急。」

眼睜睜盯著對向車流一部挨著一部陸續從身旁通過，待現場指揮人員將紅色旗幟放下，才輪到上山的車輛繼續前行。

好不容易終於抵達登山入口，這一路也沒有再發生嘔吐的現象，巴士在停車場停妥，大家背著背包，興奮地依序下車，明潭一時心急、搶快，匆匆忙忙直接從巴士上一躍而下，單腳落地有點重心不穩，差點翻跟斗，還讓主任高聲提醒著：

「不要太隨便，要是不小心跌倒受傷，不只自討苦吃，那就甭攻頂。」

在登山入口處有一棟提供住宿的木屋山莊，牆壁上明顯寫著：「海拔3150公尺」，令人萬萬想不到，竟然已經來到這麼高的地方，不過這僅僅只是登山起點，眾人摩拳擦掌準備攀登更高峰。

教授將所有人分成三組，每七人搭配一位助教，整組同時前進也互相照料，一組組依序出發。

明潭自告奮勇要在第一組，順道把仁漢也拉進來，至於家豪和育菁則是分配在第二組，所以明潭順理成章就當個急先鋒，想要展現路跑的衝勁。但是助教一再提醒：這不是要比賽，也不趕時間，踩穩腳步，一步一步往上走，不求快、但求穩。

健步如飛的明潭已顧不得助教的提醒，展現森林之王的英勇精神，一「獅」當先勇往直前，把仁漢與其他組員拋在腦後，因為助教要兼顧所有組員，無法一直跟著明潭的腳步追過去，只能拉高音量盯著明潭的背影提醒：

「慢慢來，不要急！」

萬萬沒想到，才十分鐘不到的時間，明潭發覺呼吸格外急促，幾乎快喘不過氣來，比路跑的氣喘還難受，該不會高山症吧！腳步逐漸放慢，愈走愈不對勁，終於停下腳步，彎下身來，蹲在木棧道的一旁，繼續喘息著。

小組成員陸續來到明潭身邊，助教見狀便要大家先行休息，蹲下身來，了解明潭目前的情形。

「還好嗎？現在身體怎麼了？」

「很……喘，呼吸困難……」明潭說起話來還是上氣不接下氣，說句話都顯得為難。

「該不會是高山症發作了吧！海拔這麼高，空氣較為稀薄，呼吸會不順暢，所以剛剛才提醒你，不要急、慢慢來，你看，現在知道為什麼了，嚐到苦頭了吧！」

助教很有耐心地等待明潭呼吸順暢，才繼續前進，不過後頭的第二組成員已經趕上，家豪看到臉色發白的明潭，脫口就說：

「真是不自量力，像個火爆浪子，繼續當兔子吧！」

「你才不自量力，別老是說風涼話，我就把這高山症傳染給你，量你也招架不住。」不知為何，明潭覺得此時呼吸平順許多，說起話來也中氣十足，似乎是要吵架精神就來。

「你繼續好好休息吧！我可沒時間在這裡和你瞎耗，我可要繼續攻頂，不理你了，再見。」

家豪話一說完絲毫不眷戀，不再持續爭辯，轉身繼續前進，無視明潭挑釁般的話語。明潭察覺不對勁，已經落後了，雖然不是比賽，總不能差距太大，他可不想到時候成為家豪的笑柄，就算當隻兔子，也該醒過來了。連忙起身，顧不得其他組員，追了過去。

仁漢好奇地問助教：

「奇怪，這高山上的泥土沒有被樹木或草完全覆蓋，為什麼還要辛辛苦苦做這些木棧道呢？不是浪費許多人力和金錢嗎？」

「這你就有所不知，絕對不是浪費人力和金錢，因為這座山一年到頭有許多人來攀登，就像我們，要是每個人都走在同樣的一條路上，這條路上的雜草根本無法生存，就變成裸露的山路，要是遭受雨水沖刷，更容易破壞山的原有面貌，所以才會刻意搭建這木棧道，方能保護高山。」

「原來是這樣，搭建木棧道竟然有這麼大的功用。」仁漢恍然大悟，發覺這裡頭的學問還不少。

各組走著走著，肚子開始「咚！咚！咚！」打起鼓來，陸陸續續有同學感覺肚子餓了，助教讓組員們到一處平台休息，大家把背包裡的餅乾或巧克力之類的食物拿出來吃，補充熱量與體力。

仁漢很大方地將餅乾分送給同組的組員，明潭不好意思地回送一塊餅乾，就像是校外教學時必備的零食，吃著吃著宛如電池再度充飽，又變得生龍活虎、活力十足地繼續前進。

中途發現右側山坡上有一座僅剩下殘垣牆壁的廢棄紅磚屋，明潭好奇問助教：

「以前有人住在這裡嗎？這麼高，能適應嗎？」

「是不是都搬到別的地方住了，連屋頂也沒了，怎麼住人。」仁漢也疑惑。

「這不是給人住的房子，而是以前提供滑雪遊客使用的登山纜車站，你看遠方現在還殘留掉落的纜繩和殘破的木架。大概幾十年前，這裡的冬天雪季長達兩個月，非常適合滑雪運動，是個滑雪勝地，有許多滑雪遊客到此體驗滑雪的樂趣。後來因為全球氣候暖化的關係，雪季變得不穩定，不再適合滑雪，滑雪運動就這樣走入歷史，所以這些滑雪設施不再使用，日漸殘破荒廢。」

「這裡竟然可以滑雪，實在太不可思議，要是現在還能夠滑雪的話，就不用千里迢迢搭飛機，到日本或韓國去體驗滑雪了，還要花那麼多錢。」仁漢感到惋惜地說著。

「要是能滑雪，我也想嘗試看看，看看金毛獅王如何在雪地展現滑雪的英姿，要是早幾十年出生就好了。」明潭又神氣地說。

「那我就要叫你老阿公，就不能成為同學囉！」仁漢笑著說。

「我才不要當什麼阿公，還被你叫得那麼老。」明潭毫不接受。

「我可沒聽過獅子會滑雪，要是有，那真是天下奇觀，未來我有機會到非洲找找看會滑雪的獅子。」

「不用到非洲那麼遠的地方，眼睛睜大，看看四周，遠在天邊、近在眼前，何必捨近求遠呢？」

「不過這裡現在已經不能滑雪了，到哪裡去找會滑雪的獅子。等等，你看，快到山頂了！」仁漢驚喜又開心地指著山頂。

兩人你一言我一語的，訝然發現山頂就在眼前，不過眼前的路況異於剛剛，沒有木棧道或是碎石子路，而是參差不齊、錯落的巨大石塊，要耗費一點力氣，邊爬邊拉，攀附著高高低低的石塊，頗為吃力。

不過組員們互相打氣，加油聲此起彼落，下面的幫前方的組員加油，已經在上頭的成員幫下方攀爬的組員加油，展現團隊鼓舞士氣的氛圍。

身先士卒的明潭，好不容易通過艱難考驗，但是沒有忘記後方的組員，特別沒有把仁漢置之不顧，在上方等待大家通過考驗，嘴裡還不忘大聲說著：

「加油，加油！快到了！」

最後的一步路，明潭伸出援手，拉著仁漢的手，奮力往上一躍，終於抵達。不過要到最高點，還要繞過一片低矮的高山杜鵑，乘坐巴士時是遠眺，此刻，歷歷在目，宛如徜徉花海，令人流連不已！

「攻頂了！攻頂了！」

「攻頂了！攻頂了！」

彷彿是家豪的歡呼聲，又聽到育菁的熟悉聲音。

探頭一瞧，平台上立著一根木質角柱標示，上面清楚地寫著：「海拔三四二一公尺」。

「終於攻頂了，攻頂成功！」明潭站在山頂對著遠方崇山峻嶺高聲呼喊，彷彿一頭威風八面的獅子佇立山頭，趾高氣揚對著整片森林宣告勢力範圍，展現森林之王的雄風。

正當明潭沉浸在自我感覺良好之際，忘卻周遭的所有事物，還真以為只有自己一人攻頂成功，太過自戀、驕傲了。主任召集好不容易攻頂的所有成員一起合照，而且是百分百達成率的攻頂，雖然有的同學走得慢，走走停停，但仍是不肯輕言放棄，抱持堅持到底的決心，再加上小組的激勵士氣，二十一位成員一個都不少。

原來分組前進，還真是效率十足，就如雁群一字排開，排列出倒人字的飛行隊伍，共同朝著目標飛翔，彼此互相鼓舞，減少挫折，增加支持的動力，不只幫助自己也協助別人，堅持到底，一起完成既定目標。

參加的二十一位同學中從來沒人爬過這麼高的山，是所有人的處女秀。體育組長拿出事先準備的校旗展示在後頭，所有成員錯落或蹲或站排列在標示木柱周圍，全體留下最珍貴也最有意義的影像，相信是難忘的回憶。

緊接著是午餐時間，大家拿出背包裡預先準備的午餐，家豪帶了兩顆粽子，育菁帶了一盒壽司，仁漢帶了兩個波羅麵包，明潭則是帶了一盒涼麵，飢腸轆轆的大家，紛紛開始餵起五臟廟。

明潭突然看到身旁跳出一隻全身朱紅色，翅膀和尾巴是黑褐色，頭上還有兩道淡淡白眉的小鳥，一邊發出「啾、啾」的尖細叫聲，左側一隻，右前方還出現另一隻相同的小鳥，羽毛顏色和平常看到的麻雀、綠繡眼或白頭翁截然不同，一定不是這三種常見的鳥類，那究竟是哪種鳥呢？於是他問仁漢：

「仁漢你看，左右這兩隻全身紅色的鳥叫什麼名字？」

仁漢看了好久，一臉為難。「平地上沒看過這種鳥，我也不知道是什麼，這真的考倒我了，回家之後我再查查鳥圖鑑。」

同組的助教聽到，笑著對他們說：

「這也難怪，這種鳥你們在平地是看不到的，牠們通常分布在海拔兩、三千公尺高山，屬於臺灣特有種，名字叫做『酒紅朱雀』；身上羽毛的顏色非常豔麗又搶眼，容易辨識，以植物的種子為主食，也喜歡撿拾人類遺落的食物，所以又被叫做『高山垃圾鳥』。」

「為什麼離我們這麼近？這麼大膽，都不怕嗎？」仁漢問著。

「因為酒紅朱雀都會靠近人們身邊，趁機撿拾地面上的食物碎屑，人類看到這麼可愛的小鳥，也不會故意去傷害或是趕走牠，甚至會刻意分享食物給牠們吃，久而久之好像膽子變大，不會怕人類了。」助教詳細說明著。

「既然靠得那麼近，趁著牠們不注意，乾脆我捉一隻回家養，應該很容易吧！」

「那可萬萬不可，酒紅朱雀屬於高山地區的鳥種，不適合到平地生活，就讓牠自由自在生存在這裡，別自作主張把牠帶回平地，那可是會害了牠。」助教揮動著手勢連忙制止。

「可是這麼漂亮又稀罕的酒紅朱雀，回學校之後就看不到了，那不是很可惜嗎？」明潭失望又頗為懊惱的說。

「既然愛牠就不要害牠，把牠留在這裡就是好好愛牠的最好方式，如果想再看到牠們，以後常來爬山就可看到了，不是嗎？」助教勸說著。

「好吧！」

這時，明潭又發現兩隻異於酒紅朱雀的小鳥，臉頰是暗棕色，眉毛和下顎有條顯眼的白色線條，翅膀和尾巴的羽毛是藍灰色和金黃色。他看了仁漢一眼，只見對方依然搖頭，也不知這是什麼鳥，只好轉而求助於助教：

「助教、助教，您那麼厲害，這隻是什麼鳥應該也知道吧！」

「這你就問對人了，我當然知道，這隻鳥就叫做『金翼白眉』，這名稱就和牠長相的特徵是相同的，也是分布在高海拔的特有種，蹦蹦跳跳穿梭在灌叢間，動作靈敏，受到干擾時，就會以輕快的腳步迅速逃離，所以又叫做『高山老鼠』，也是不怕人類，會覓食人們吃剩下的食物。」

「那不就是和酒紅朱雀相同習性。」仁漢說。

「難怪離我們那麼近，而且又這麼頻繁，豈不是半斤八兩。」明潭接著說。

「你們都說得沒錯，所以我們到高海拔的山岳，幾乎會常常發現這兩種鳥類的蹤跡，特徵很好辨別，以後你們就都認識牠們了，不過我還是要提醒你們，可別動歪腦筋，讓牠們繼續生存在這個屬於牠們的世界，我們就不要打擾牠們，以後別的登山客才會再見到這兩種鳥類。」

「助教，您放心，我們會聽您的話，不會再動牠們的念頭。」明潭不好意思地回答。

「那是你，我可從來沒有這個想法，別把我拖下水，我是清白的，我可是真真正正的愛護動物者，哪會做這種事。」仁漢立即反駁道。

就在兩人戲謔的話語間，開始感到一陣陣的寒意，畢竟這裡的海拔有三千多公尺，溫度一定比平地低很多，剛剛在爬山的過程中，由於是處於動態的狀態，較不會感覺冷。

不過，一坐下來休息，身體不動了，處於靜止狀態，就不自覺感到寒意，特別是風一吹來，吹過汗流浹背的身軀，還真的會冷，不自主地顫抖起來，大家紛紛將準備好的外套穿上。倒是明潭，忘了主任行前的叮嚀，自認為是百毒不侵的鋼鐵人，又嫌帶外套麻煩，就把這檔事給忘了。

但明潭為了展現金毛獅王英勇的氣魄，還是咬緊牙根，即使內心感覺冷，牙齒還不由自主地顫抖，雞皮疙瘩也早掉滿地，外表還是假裝不怕冷，真是打腫臉充胖子，忍耐再忍耐。

獅子還是會怕冷的。

攻頂的雀躍縈繞著大家的心頭，眾人懷抱依依不捨的心情，告別山岳，告別酒紅朱雀，告別金翼白眉，收拾行囊準備下山去。

「下次學校再辦登山活動，我一定要報名參加。」家豪說著。

「我也是。」育菁立即附和。

「我也是。」仁漢接著說。

「我當然也是！」明潭拍著胸脯，更是堅定地開口。

四人平日雖有意見不合，爭得面紅耳赤，當下，卻有共同的答案：攻頂。

吃素的獅子

「什麼，獅子喜歡吃香蕉，我怎麼從來沒聽過，莫非你是吃素的獅子，那真的是今天的頭條新聞。」

學校在一次週二的下午，請五年級各班所有同學都集合到大會議室，邀請一位講師到校演講，主題是：「食在安心——當食農碰上裝置藝術」。

因為從去年開始，學校推動食農教育，低年級各班在操場旁的空地種植紫薯（紫地瓜），中年級則是在花圃旁種洛神花，高年級利用停車場旁的空地種玉蜀黍，讓大家動手實際體驗農作物的栽種、成長與收成，當個小小農夫。

這一次邀請的講師是一位大學的教授，也是食農教育推廣協會的發起人，他一開始就自我介紹，要大家不要稱他為教授，因為今天不是在大學上課，而是要介紹食農教育，直接叫他「菜爸」，還特別強調，這個「菜」是「蔬菜」的菜。

大家聽到「菜爸」這個稱呼，不禁笑成一團，菜爸聽到這個笑聲，並沒有露出不悅的表情，反而是點點頭表示大家都很用心在聽，才會有這個反應，而且「菜爸」這暱稱聽起來比較親切的感覺，有個輕鬆話題當開場，瞬間也拉近彼此的距離。

緊接著菜爸就透過一本繪本，傳達土地擁有神奇的魔力，藉由土地的孕育力量，讓植物成長、開花、結果、枯萎，形成一個土地運用的循環，當然最重要的

是希望大家好好愛惜足下的土地。

「土地真是太厲害了，就像魔術師的百變戲法，竟然能種出這麼多蔬菜、水果。」育菁很是佩服地說著。

「沒錯，我外婆家的田地種了一大片的香蕉，我家都有吃不完的香蕉，吃到最後我都吃怕了。」家豪一副驚恐地跟著說。

「那你以後一定會變成猴子，到時候我要看看你的屁股是不是紅色的。」明潭指著家豪刻意嘲笑起他。

「你才是猴子，誰說只有猴子才會吃香蕉？我們人類也會吃香蕉啊！你看，我們營養午餐的水果有時候也會是香蕉，難道你沒吃過？我倒也要看看你的屁股是不是紅色的。」家豪不服氣地反駁。

「不對不對，明潭可不是猴子喔！他可是金毛獅王，不過獅子是肉食性動物，他不是素食者，所以他不吃香蕉的。」仁漢補充著說。

「誰說我不吃香蕉，雖然我不是美猴王，但是香蕉可是國民美食又助消化，這麼好吃的水果，誰會錯過，我們可是香蕉王國呢！」明潭明確地強調著。

「什麼，獅子喜歡吃香蕉，我怎麼從來沒聽過，莫非你是吃素的獅子，那真的是今天的頭條新聞。」仁漢半開玩笑了起來。

「別把我當開心果，拿我窮開心，反正我就是喜歡吃香蕉，管他什麼吃素的獅子，你還真是聯想力豐富。不過你放心，我金毛獅王縱使餓肚子，絕對不會吃你這一號人類，看你這麼瘦，就像瘦皮猴一樣沒長什麼肉，要吃也吃不飽。」明潭回道。

「好可怕，凶猛的獅子來了，大家趕快逃，要不然會被吃掉，獅子可是肉食者，一定很喜歡吃人類的肉吧！」仁漢假裝害怕地繼續說著。

「你為何那麼緊張，你可是我的好搭檔，我不會那麼殘忍把你吃掉，要吃也是吃死對頭，當然是家豪。」

「噓！小聲點，你不要那麼誇張，讓家豪聽到，他可要大發雷霆，好了，不說了，專心上課吧，菜爸要生氣了。」仁漢低聲提醒著。

接下來菜爸將全班同學每六人分成一組，每組發下一塊白色的方巾、許多樹葉以及一瓶白膠，大家都很好奇的猜想，這些東西要做什麼呢？

菜爸先向大家說明，其實落葉並非廢棄無用，葉子枯了之後，經過堆肥處理後可成為天然肥料，將樹葉善加利用，就可成為藝術品，也就是今天要製作的主題。

每一組可先構思要創作的內容，不管是臉譜、動物、水果、交通工具等，都可藉由拼貼樹葉的方式，貼在白色的方巾上，達到廢物再利用的價值。

菜爸說明後，各組先共同討論拼貼的主題，然後就開始動手，由於方巾的面積不大，無法拼貼太複雜的圖案，當然也要讓別人看得懂主題是什麼。

各組陸陸續續完成藝術創作，在老師的引導下，一一吊掛展示在大會議室的四周牆面，讓大家一起來欣賞樹葉變裝的藝術。

接著是移動到大會議室前的草地上，菜爸事先準備許多小的麻布袋，各班分配五個，然後在麻布袋裡依序裝入枯枝、雜草、落葉，加上培養土。

在菜爸的精心規劃下，將一個個麻布袋先排成一個大圓形，然後從頂端兩側分別向外緣排成一個螺旋形的圖案，搭配起來像極了一頭山羊的頭型，彷彿在綠油油的草地上，羊兒正低頭咀嚼著美食，呈現一幅裝置藝術之美。

仁漢見明潭看得專注，就調侃起他說：

「你這金毛獅王，不要看到眼前的肥羊就口水直流，可不能趁著山羊專心用餐時，就以為是羊入獅口，發動攻勢，讓牠措手不及。」

「哪會，這頭山羊長得這麼漂亮，我哪捨得吃牠。」明潭回答。

「啊！對，我記得你是吃素的獅子，一定不會把山羊給吃掉，才不會枉費大家的辛苦。」

「這裝置藝術可是菜爸的傑作，更何況是大家共同完成，我哪會那麼不識相。」

「說的也是，算我怪你了，我向你道歉。」仁漢不好意思地說著。

「我金毛獅王可是大肚量，接受你的道歉。」明潭也展現風度。

「不過我倒還是要問看看，既然你這頭金毛獅王和其他獅子不同，就跟有些同學一樣，真的吃素嗎？」

「你真是的，老是問這些無聊問題，不過你可以放一百個心，縱使我是肉食性動物，反正我不會把山羊吃掉就對了。」明潭堅定的口吻回答。

大家以為完成山羊造型就大功告成，但是菜爸卻說到目前為止還沒結束，這話又怎麼說呢？引起大家的好奇心，就像收看連續劇一樣，都想知道下一集做些什麼。

菜爸又從箱子內拿出許多發芽不久的蔬菜，他也向大家介紹這蔬菜名稱叫「蘿蔓」，屬於萵苣的一種，富有胡蘿蔔素、維生素B1、鐵等多種營養成分，具有促進血液循環及新陳代謝的功能，可以炒來吃或是當做生菜沙拉食用。

把一株株小小的蘿蔓種植在麻布袋裡頭，然後澆上些許的水，這才總算完成所有的栽種。菜爸還特別提醒大家，蘿蔓屬於淺根性植株，耐旱和耐濕性不佳，但是照顧起來不會很困難，平常只要固定澆水，保持土壤的潮濕和排水性，千萬不要讓土壤變得非常乾燥，那很容易就枯萎。

滿手黝黑泥土的家豪開口問：

「那要照顧多久才能採收，拿來吃呢？」

「真是好吃鬼一個，滿腦子就想到吃。」明潭說起了風涼話。

「你才是好吃鬼，這些蔬菜本來就是要種來吃的，有什麼好奇怪的，我看你處處找人家的麻煩，才是討厭鬼一個。」家豪反駁著。

「一分耕耘、一分收獲，你沒聽過嗎？都還沒有開始照顧，就想要享受成果，豈不是叫做好吃懶做。」明潭嘲諷地說。

「人家說飯可以多吃，但話不能亂講，你不要隨便亂罵別人，到頭來自己也會遭殃的。」

「你們兩個小朋友不要鬥嘴喔！這麼小棵的蘿蔓，好好澆水照顧，大約經過五到六個星期就可採收食用。」菜爸適時制止兩人的拌嘴，並為家豪和大家說明道。

「這麼快就長大啊！都不用施肥嗎？」育菁一臉疑惑地問。

「蘿蔓的生長和其他蔬菜一樣，都需要水分和養分，水分要靠各位小朋友們充當小園丁，每天好好灌溉；至於養分的來源，你們就不需要擔心，我們剛剛在麻布袋裡裝的這些堆肥，就足以提供蘿蔓生長的養分。」菜爸再次解惑。

這時，潘老師向班上的同學徵詢，有沒有人自願扮演小園丁，負責照顧這些蘿蔓呢？

衝著剛剛家豪那番話，明潭不願被當成只問收成不願耕耘的好吃鬼，變成他日後的笑柄，毫不考慮就自告奮勇舉起右手，把手舉得好直、好高，深怕沒人看到。

就在當下，班上還有好幾位同學也都紛紛舉手表示願意，包括家豪、仁漢兩人。

一旁的菜爸看到同學們這麼踴躍，再度點點頭微笑表示，蘿蔓在大家的照顧下一定可以順利長大，他就不用擔心日後沒有人來照顧，眼神巡視了四周，看到大家的手都舉得好直，拳頭握得更是緊，一時也不知道要請誰來幫忙較適合。

就在目光左右移動掃描之間，看到一頭金髮的明潭極為醒目，就點著他說：

「來，滿頭金髮的小朋友，這個任務就交給你，你再找一兩位同學和你一起合作澆水，共同分攤，工作量就不會太大，也較節省時間。」

被點到名的明潭還真是意外，宛如中獎般的雀躍，對著沒被叫到的家豪更是露出戰勝般的神氣表情，像是驕氣十足的奪標。

明潭當然是找他最好的搭檔仁漢一起來，共同接下菜爸交付的任務，老師也順水推舟地表示：

「既然是菜爸特別點名，又是你主動表示願意承擔這個任務，那你們兩人就確實做好，千萬不能半途而廢，到時候再讓菜爸看看我們的成果。」

於是，從隔天起，每天的第一節下課後，明潭和仁漢每人各拿一個澆水器，從洗手台盛滿水，小心翼翼倒入每個麻布袋裡的蘿蔓身上。

兩人在澆水的過程中，仁漢又開玩笑地問說：

「金毛獅王，你每天看見草地上的山羊，不會口水直流，想要把牠吃掉嗎？」

「當初是我自願要照顧的，我不會那麼狠心把牠吃掉，縱使要吃，也是要等這些蘿蔓長大後，才採來吃呀！」

「獅子吃蘿蔓？我真的合理懷疑，你是不是一頭吃素的獅子。」

「你說呢？」

兩人說說笑笑就完成當天澆水的任務，未把這檔事當成沉重的負擔，而產生怨言，總是笑著完成這項任務。

約莫兩個星期後，正當下課鐘聲剛響不久，明潭和仁漢依然拿著澆水器準備灌溉時，突然看到主任帶著一位長髮飄逸的小姐，和頭戴帽子的先生走了過來，而且這位先生還扛著腳架和一部好像是錄影機的機器，看起來很重的樣子。

主任主動介紹這兩位小姐和先生，一位是地方電台的記者小姐，另一位是負責錄影的攝影師，他們兩人今天專程到學校拍攝食農教育在校園推動的情形。

一開始是先拍攝兩人拿澆水器澆水的實況，然後攝影師就扛著沉重的攝影機，拍起裝置藝術山羊及麻布袋裡的蘿蔓特寫，兩人拿著空的澆水器觀看攝影師捕捉每一個鏡頭，並不是拍一次就夠了，還從各個角度拍攝，試圖捕捉出最佳鏡頭。

緊接著主任表示記者小姐要採訪明潭和仁漢，兩人一聽到可嚇了跳，心臟瞬間急速跳動，不知是慌張還是憂心，兩人你推我、我推你的，刻意要躲藏在後頭，迴避起攝影機的拍攝。

記者小姐見兩人推推拉拉的動作，先要兩人不用緊張，頭一次面對鏡頭當然會不習慣，她會先把要問的問題告訴兩人，讓他們心裡有個準備，就像平常講話一樣，自自然然就好了。

話一說完，記者小姐拿起包著橘色海綿的麥克風，開始進行訪問。攝影機的鏡頭就對準明潭和仁漢，好像虎視眈眈地盯著他們，或許真的是頭一遭，兩人都還沒想好要說些什麼，光是又笑又推的。

這樣的舉動當然是無法採訪和拍攝，記者小姐很有耐心地再次提醒他們要訪問的問題，並讓他們兩人先準備一下，想想要說些什麼。

幾分鐘後，記者小姐和攝影師很有經驗地再次就定位，明潭深深吸了一口氣，宛如累積滿滿的能量，首先開口，雖然舌頭忍不住打結，不像平日那麼流暢，但至少順利說了幾句話。

而後仁漢接著說，他也是會怯場，還NG了一次，讓攝影師又重來一回，幸好他們都很有耐心，不會露出不耐煩的表情。

好不容易訪問結束，兩人心中的石頭彷彿落了地，緊繃的神經得以放鬆。明潭反而覺得考試沒那麼緊張，怎麼今日被採訪，自詡為金毛獅王的他，面對鏡頭，腳卻顫抖個不停，彷彿自己變成山羊，恐懼著被兇猛獅子吃掉一樣的緊張心情。

當天放學後，明潭媽媽接他回家，剛抵家門，他就迫不及待興奮地對媽媽說：

「我上電視了！我上電視了！」

「你又在開什麼玩笑，你以為你是什麼大人物，能上電視，哪有那麼簡單，別做白日夢。」媽媽揮揮手不以為意。

「真的啦！媽媽，妳聽我說，我和同學每天在學校負責澆水，電視台的攝影師就拍我們澆水的情形，那位長頭髮的女記者還採訪我喔！」明潭堅定的語氣繼續強調道。

「澆水這麼簡單的事就會被記者採訪，天底下哪有這種事，學校有那麼多同學也會澆水，又不是只有你，為什麼不去採訪他們呢？偏偏要採訪你，別往自己臉上貼金了。」媽媽還是不信。

「媽，是真的，妳為什麼不相信我的話呢？要不然妳現在打電話給學校的主任或是潘老師，看看我說的話是不是真的，這不就得了。」

「為了我兒子有沒有上電視，打電話給學校主任或老師，你有沒有搞錯？萬一沒有這回事，豈不是自討沒趣、多沒面子，搞不好學校老師或主任又要找我到學校面談，聽你在學校胡作非為的一堆惡行。」

「妳如果不打電話沒關係，那晚上七點鐘的有線電視台就會播報，妳仔細看，我就會在裡頭，這次可是好事一樁，別把我想得那麼一無是處，我可是妳的寶貝兒子。」明潭不死心，繼續遊說媽媽。

「家裡又沒有裝有線電視，我怎麼看。」

「對喔！家裡沒有裝有線電視，到時候我自己也看不到，那怎麼辦呢？」明潭愣了下，被媽媽點醒最現實的問題。

「我要去上班了，上班時間哪有閒工夫看電視。我要走了，這個錢給你買晚餐吃，這是給你買晚餐的喔！你一定要去買來吃，絕對不可以拿去夾娃娃，讓自己餓肚子，知道嗎？」媽媽將錢放到桌上，不忘提醒。

「知道了，媽，我剛剛說的話是真的，為什麼妳都不相信呢？」

「不是我不相信你，你只要不到處給我為非作歹、添麻煩就好，染那頭什麼頭髮，真的看不下去，還奢求做些什麼好事，值得大肆宣傳上電視，算了吧！我可不敢奢想。」

「妳怎麼老是認為我只會惹事生非？都沒有讓我好好說明，就只給我錢叫我買晚餐，其他什麼都不管。」

「我快來不及了，你要我說多少遍你才聽得懂，不再跟你囉嗦老半天，媽媽先走了，你要記得吃晚餐喔！」媽媽話剛說完，再度提醒明潭要吃晚餐之後，轉身便離去。

通常是任性的明潭甩下媽媽，如今卻是媽媽匆匆忙忙趕著上班，無法耐心聆聽明潭的喜訊，獨留下不受理解的他，落寞、無助的身影。

看媽媽逐漸遠去的背影，明潭覺得滿肚子氣幾乎要炸開，一時不知如何宣洩心中的憤怒，激動地在心底問起自己：

為什麼媽媽總是認為他就是愛惹麻煩、只會闖禍，從沒看到他好的一面。為什麼？為什麼？

愈想愈不平衡的明潭，只好爬到公寓的頂樓，坐在圍牆邊，遠眺著天邊的彩霞，滿腔情緒就像留不住的西沉夕陽，一直往下掉、一直往下掉……

晚風吹拂臉龐，直到夜幕低垂，大地被黑幕給覆蓋，明潭才拖著疲憊的身軀，緩緩走下樓梯，也忘記肚子飢餓的感覺，直接回到家裡，疲累無比的他，直接縱身倒頭癱睡在床上。

正要墜入睡眠狀態，突來的電話鈴聲，又把明潭從深谷底拉了上來，力軟筋麻的肢體動也不想動，任其鈴聲響個不停，就當作沒聽到這電話聲響，響了許久，鈴聲終於停了，總算安靜下來。

但才不到一分鐘的光景，沒想到電話鈴聲又一次響了，寧靜的屋內顯得鈴聲格外響亮，幾乎變成惱人的噪音，準備入睡的明潭受不了鈴聲的糾纏，起身後蹣跚地走到電話旁，接起了電話，才讓這鈴聲閉上嘴巴。

究竟是誰窮追不捨地打電話？彷彿奪命連環叩，明潭定下心來，聽見話筒那頭高亢且熟悉的聲音傳來：

「明潭，快看電視，我們上電視囉！」

真的上電視了。電視當然是用看的，而此刻的明潭，只能夠透過手裡的話筒「聽」電視。

不速之客

「要是讓我知道是誰做的好事，我絕對會找他好好理論理論，絕不輕易放過他！」

學校營養午餐每個星期二都會提供水果，但現在物價日漸上漲，連水果也都水漲船高跟著提高身價，所以有時會出現四顆葡萄、三顆荔枝稀稀落落的窘樣，其中有些水果品質也不是頂好的。

倒是有一回午餐的水果是蘋果，雖說不是很大一顆，但能吃到一整顆的蘋果也是不容易，聞起來也香味十足，潘老師在打飯菜前特別提醒大家，每個人記得要拿一個蘋果，但是不能多拿喔！

午餐過後，負責抬餐具的同學準備將餐桶送至集中區擺放，但見袋子裡還剩下一顆蘋果，班長育菁問老師該怎麼處理，老師表示先暫放窗戶旁的平台，屆時再問問是哪位同學忘了拿。

下午三節課都是科任課，所以同學們在班長的帶領下走到科任教室上課，而最後一節體育課，班上同學習慣將書包帶到操場，這樣下課後就能直接排隊放學，也就不再回到教室。

因此中午遺留下的蘋果，主人究竟是誰也不得而知，潘老師更來不及問，依然原封不動地擺在窗台上。

直到隔天上學，育菁進到教室後，突然想起昨天水果找不到主人的事情，目光一轉，投射到窗戶旁的平台上，卻發現：

「蘋果不見了！」

育菁有些納悶，會不會是昨天已被沒拿水果的同學帶走了，要是這樣也很好，不造成浪費，反正每個人都有一顆蘋果，那就天下太平了。

反過來又覺得不太對，還是不忘追根究柢的本性，直接去問老師，是否看見同學把蘋果拿走呢？潘老師一聽到，反而問起育菁，是不是有同學把蘋果拿走？兩個人的問題竟然一模一樣，但都沒有確切答案。

潘老師在上課前，對全班同學問：

「窗台上的蘋果有沒有人拿去呢？」

全班同學你看我、我看你的，育菁特別伸長了脖子環顧教室四周，沒有任何人舉手或是回應，這也奇怪，蘋果怎麼會無緣無故地消失不見呢？

老師繼續問說：

「昨天午餐的蘋果一人一顆，有沒有人沒拿到？」

明潭立即問坐在隔壁排的仁漢：

「你昨天不是說沒吃到蘋果？」

仁漢這才舉起手來表示，昨天吃午餐時，因為連續喝了好幾碗玉米濃湯，直到快要午休時間，才匆匆忙忙把湯桶抬去集中區放。他原本是忘記拿蘋果，打算抬完湯桶時再拿的，沒想到回到教室時，發現蘋果已不見，沒注意已經被拿到窗台放著，直到放學趕著回家，就忘了這檔事。

這豈不是羅生門一件，蘋果原本的主人沒拿走蘋果，但蘋果卻憑空消失在教室窗台，更讓育菁感到奇怪，明潭也是一頭霧水。潘老師此時要大家把國語課本準備好，要開始上課了，沒時間繼續追問，以免進度落後太多，只留下心中許多的問號，亟待撥雲見日來揭曉。

同學念著課文，明潭心思卻圍繞著消失的蘋果打轉，彷彿名偵探柯南上身，打算好好釐清這件懸案，由於腦海一直想著蘋果的下落，連老師點名要他接續念課文時，他趕忙慌慌張張地拿起課本，但也不知從何念起，還偷偷問仁漢念到哪裡了。這心不在焉的舉動，仁漢還來不及幫提醒念到課文何處，老師立刻就念了幾句：

「上課要專心，不要漫不經心，剛剛同學念課文的音量那麼大，你竟然也都沒聽到，看你魂不守舍的模樣，別只顧想著你的金色頭髮。」

明潭嘴裡念念有詞，這又跟頭髮扯上什麼關係，而且根本不是因為頭髮才來發呆入神，老師竟然牽拖一大堆，真是令人無法理解，自言自語滿肚子牢騷。

老師接著又問：

「你剛剛說些什麼我沒聽清楚，你再大聲說一遍。」

「沒、沒、沒什麼。」明潭吞吞吐吐說著，再度瞄了仁漢一眼，他才指著課本的一處，提醒明潭要從那兒開始唸起，明潭立刻開口念起課文，幸好老師也沒再繼續追問。

好不容易熬到下課，育菁直接跑來問明潭：

「你是不是也覺得蘋果憑空消失很奇怪？」

原來納悶的不是只有自己，連班長也想查個水落石出，她直覺反應懷疑：

「該不會是別班同學闖空門，拿走了蘋果吧。」

「應該不會吧！昨天每個人都有蘋果吃，又不是沒吃到，不過要是讓我知道是誰做的好事，我絕對會找他好好理論理論，絕不輕易放過他！如果知道是誰做的好事，一定要告訴我。」明潭憤憤說著，打算揪出罪魁禍首。

「你不要動不動就找人家麻煩，到時候又被你嚇壞了，該怎麼辦？也許那個人喜歡吃水果，想多吃一個也說不定。」育菁安撫起明潭。「動動腦筋想想，不要只會想到用拳頭解決。」

「可是昨天下午去上科任課，教室門窗不是都已經關起來，哪還會有誰進來教室呢？」明潭想了想，更是無法理解。

「這就奇怪了，但是明明有東西，應該不會無緣無故就消失不見。」

「既然都排除這些可能，還是沒發現是誰做的，莫非教室有……鬼。」明潭拉長音量小聲說著，語氣變得很詭異。

育菁差點被嚇了一跳。「那怎麼可能？你別亂說，大白天的，不要嚇人，我最怕鬼了。」

一道無解的難題，就這麼深藏在明潭心中，顯露出偵探打破沙鍋問到底的精神，靜觀其變。

有一回，明潭上學途中買了大名鼎鼎的「老賴蔥油餅」當早餐，購買的人很多，大排長龍，讓他排了好久好不容易才買到，差點上學遲到。

原本打算到學校再吃，但到了教室後，又趕著去打掃外掃區，結果一口也沒吃。這事要是讓媽媽知道，她一定又嘮叨個不停。

下課時同學又相約到籃球場打球，可要好好把握寶貴的十分鐘、二十分鐘，哪捨得浪費，一分一秒都使用得淋漓盡致，縱使如此，依然覺得下課時間不夠用，球也打得不過癮。

第三節上課沒多久，明潭才出現飢腸轆轆的感覺，下課打球體力消耗得很快，所以肚子咕嚕咕嚕打起鼓來抗議，上課時間總不能大大方方拿起老賴蔥油餅大口大口地咬著，只能偷偷摸摸趁老師轉頭寫黑板時，匆匆咬了一口，又迅速地塞回抽屜，速度之快媲美川劇藝術變臉的神速，然後囫圇吞棗嚥下肚子，連咀嚼的時間都沒有，幾乎是用吞的，還差點噎著。

藏在抽屜、僅咬過一口的蔥油餅似乎已經被遺忘，原封不動地躺在抽屜裡，未曾發出求救的訊號，而明潭放學收拾書包時也不未曾想起它，所以就這樣直接回家了。

蔥油餅的主人是否太健忘還是過於無情，要回家也不說一聲，就這樣無聲無息地離去，孤單地在空蕩蕩的教室度過黑的夜晚。

隔天明潭方才想起昨日的早餐沒吃完，急忙趕到學校，幸好媽媽沒有問起，否則鐵定是囉嗦聲如雷貫耳，東怪西怪的。他也無奈：媽媽光只會問吃飽沒、別餓肚子、不要浪費食物……，其他的事情卻一點都不在意。

昨日早餐應該還遺留在抽屜裡，他連忙低下頭來查看，尋尋覓覓之際，僅找到一個空的紙袋，的確是昨天裝著蔥油餅的紙袋。

但、但、但，裡面裝的蔥油餅呢？辛辛苦苦排隊排了好久才買到名氣很旺的老賴蔥油餅，獨獨只吃一口，就不見了！真是萬分可惜，枉費排隊的傷耗。

明潭記得明明只咬一口而已，剩下的蔥油餅呢？怎麼會不見了？

發生這奇怪的事讓明潭望著紙袋錯愕許久，不知是懊惱還是狐疑，育菁正巧進教室，瞧見明潭若似發呆的神情，好奇心的驅使，讓她開口問說：

「怎麼在發呆呢？還是想什麼事情？看你整個人恍神恍神。」

「沒有啦！我是在想昨天放在抽屜沒吃完的老賴蔥油餅，今天一早到學校，好像長了雙腳，怎麼就不見了呢？」明潭一臉無奈，捨不得那人氣美食。

「不見了，會不會是同學拿去吃呢？還是放在哪裡你記錯了，誰叫你要買赫赫有名的老賴蔥油餅，多誘人的好東西，連我都想吃一口。」

「我不會記錯，明明就放在抽屜裡，而且我昨天還利用上課時偷偷咬了一口，噓，別告訴老師喔！應該不會有人想要吃我的口水，不會是妳偷吃的吧？」明潭語氣肯定地說。

「你別瞎猜，亂栽贓喔！這可是誣賴。不過，又是懸案一樁。」育菁若有所思的口吻。

「又一樁，妳這話是什麼意思，莫非……」明潭睜大眼睛，露出懷疑的眼神。

「就是之前班上那次蘋果不見的懸案。」

「莫非班上有小偷？」

「你可別亂說，更不能隨便猜測或是懷疑別人，免得冤枉到無辜的人。」

「當然，沒有證據的事情我是不會亂說話的，除非是罪證確鑿。」

「早上有誰比你早進教室嗎？」

「沒有啊！早上起床我才想起昨天的老賴蔥油餅，所以就趕快到學校，今天我是最先進教室的人，沒有其他同學比我早進教室。」

「那就更奇怪，既然你是第一個進教室的人，況且昨天放學後教室門窗也上鎖了，不可能還有人進教室才對。」

「就如妳說的，都沒有人進教室，但是只被我咬一口的老賴蔥油餅卻無影無蹤，莫非……」

「莫非什麼？」

「莫非、莫非教室有鬼！」

「你怎麼又要嚇唬人，明明知道我最怕鬼了，難道沒有別的可能嗎？不要再說這個，我最怕這個了。」

兩人多端寡要聊了老半天，東猜西想的，仔細分析過後，如墜入五里霧中，找不出任何端倪，還是理不出頭緒，難怪會變成教室裡的第一樁懸案。

緊接著案情落在潘老師的身上。

老師為了鼓勵同學，只要榮譽卡累積滿二十張，就可向老師兌換一瓶運動飲料，所以老師桌子右下方的抽屜準備許多鋁箔包的運動飲料，隨時可以讓同學來兌換。

這天仁漢終於累積二十張榮譽卡，就在第一節國語課下課後，興高采烈地拿著好不容易獲得的榮譽卡，向老師兌換一罐運動飲料。

老師不忘稱讚幾句，還鼓勵著要繼續努力，用最好的表現獲得更多的榮譽卡，當他打開抽屜，隨機拿取其中一罐飲料，正當要拿起來的時候，感覺不太對勁，雖然運動飲料不是很重一罐，但總有重量的感覺，手感不同，直覺反應飲料罐應該是空的。

果真，雀屏中選的這罐飲料，運氣真是好，被老師挑中，只不過是空包彈一個，竟然是空空如也，仔細查看上頭留下要插吸管的圓孔，上頭鋁箔紙沒有被撕開或被插入的痕跡，可說是完好如初，毫髮未損。

老師不厭其詳再將飲料罐從上到下定睛一相，終於有了新發現：下方底層的轉角處有兩個缺口的痕跡，洞口不是很明顯，但是仔細觀察還是可看出那兩道裂痕。

飲料罐裡的飲料應是透過這極小的裂縫，慢慢地滲出外頭，因為縫口很微小，不至於是直接流光，否則抽屜早就濕成一灘，邊流邊蒸發，應該好些時候，才會全部流光，一滴不剩，只留下空的鋁箔包。

而且在飲料罐旁邊還發現兩塊黝黑長條形小小的東西，就像是糞便一樣，猜測應該是什麼小動物排放的糞便。

隔天一早育菁要用洗手台上的環保香皂洗手，這環保香皂的由來可是愛心媽媽們合力製作，送給學校提供師生們使用的。她遵循著洗手台牆上張貼的標語，正確洗手五步驟「濕、搓、沖、捧、擦」，水龍頭一開，先把雙手沖濕，接著正準備拿起香皂搓手使用時，發覺原本是完整的香皂塊，上面竟然留著被咬過的痕跡。

靈光一閃的育菁拿著這塊證據去找老師，也就是有咬痕的香皂，對老師表示，教室裡的不速之客有可能是一隻——老鼠。

對照先前發生蘋果、蔥油餅的不翼而飛，加上老師的飲料被咬破、香皂也被咬，合理懷疑背後的元兇不是班上或別班的同學，而是老鼠惹的禍。

老師點點頭表示認同育菁的說法，同學們聽到育菁的分析，不約而同圍向前來湊熱鬧，想要深入了解究竟是怎麼一回事，終於破除教室有鬼的傳言，明潭信誓旦旦表示一定要抓到這隻老鼠。

「你這金毛獅王該不會要變成一隻貓吧？」仁漢逗趣問著。

「怎麼可能，獅王可是森林之王，若是變成貓王，成何體統，太小看我了，你別瞎鬧，不可能，我才不願意。」明潭堅定地說。

同學們也覺得應該要找出元凶，抓住牠，免得其他同學遭受池魚之殃，但要如何抓到這隻不速之客呢？大家卻寂靜無聲，一時也想不出對策。家豪出聲打破了沉默：

「我們可以用老鼠夾。」

「那太殘忍，老鼠要是被夾住，可能是斷手斷腳的，到時候鮮血淋漓，太不人道。」老師搖搖頭回答著。

明潭摸摸頭想出另外一個方法：

「我聽我外婆說，她都使用黏鼠板來捉老鼠。」

「黏鼠板是可以捉老鼠沒錯，但是放置的地點也要格外留意，千萬不要老鼠沒捉到，反倒是哪位同學不小心被黏住，反而害了那位同學，豈不是前功盡棄，而且老鼠若是被黏鼠板黏住，可還真是不好處理。」老師無奈的說著。

「那就使用捕鼠籠，應該不會那麼殘忍吧！」育菁接著說。

「這的確是個好方法，我到總務處找工友先生，問問有沒有捕鼠籠。」

隔一節下課，老師從總務處回到教室，手裡果真拿著一個捕鼠籠，然後在吃午餐時留下一小塊肉當作誘餌，放學前就將捕鼠籠打開放在老師桌子底下，並把肉塊掛在籠內的掛鉤上，靜待老鼠來上鉤。

隔天同學們到教室，爭相搶著要看捕鼠籠是否捉到老鼠，結果讓大家大失所望了，捕鼠籠根本原封不動，籠內除了誘餌之外，空無一物。

老師在捕鼠籠內換上午餐留下的另一塊新鮮肉片，繼續耐心等待。

經過幾天的捕鼠大作戰，採取守株待兔的誘捕行動，絲毫沒有發生效用，全都撲了個空，同學們心都涼了半截，莫非老鼠已經收到圍捕的訊息就武裝起來，嚴陣以待，不敢輕舉妄動，雙方按兵不動、靜觀其變，真是令人心灰意冷。

關心教室裡不速之客廬山真面目的同學愈來愈少，一而再、再而三地落空，大家也意興闌珊地退出這場戰役，不再關注不速之客的真面目，倒是唯獨明潭仍然不死心，每天一到學校，書包一放就搶先去瞧瞧捕鼠籠的動靜。

捕鼠大戰持續約兩個星期，同學們似乎忘記這回事，就在有一回晨間打掃時間，班長育菁打掃教室時，發現講桌底下有一些垃圾，但垃圾被講桌壓住，連續用力掃了好幾次都掃不掉，於是她發出求救訊息，請家豪幫忙移動講桌，兩人同時動作，她才能順利把垃圾掃出來。

家豪放下手邊的事，上前協助搬移講桌，大大施展男子氣概，伸出如泰山孔武有力的臂膀，雙手用力將講桌抬起，突然聽到有東西在裡面移動，這聲音也傳進育菁的耳裡，兩人不約而同地露出懷疑的眼神，猜想著同一件事情，應該是相同的謎底。

育菁用食指做出了「噓」的動作，示意別出聲，以免打草驚蛇，悄悄地觀看裡頭的動靜，家豪屏氣凝神留意著，此刻陸續引來好奇圍觀的同學，都想一窺究竟。

育菁再一次用手勢做出「噓」的安靜動作，眾目睽睽之下，一切都靜悄悄地，彷彿冷氣機安靜無聲的廣告再度出現。

抬著講桌的家豪支撐許久，就像玩一二三木頭人般完全不敢動，但抬久了手也會痠的，勉勉強強咬牙撐著，幾乎快到乏力之際，雙手滑落，講桌「咚」的一聲掉下，瞬間一隻老鼠躍出，真把大家嚇住。

也聽到不知哪幾位同學不約而同發出「啊！」的尖叫聲，一旁的同學又被這尖叫聲嚇了一次，有的同學雖然見到老鼠還不至於嚇到，倒是被自己同學給嚇著，所謂的「人嚇人」，可真是有趣！

老鼠大概也被這麼多人類給嚇著，跳出後就沿著教室的牆角四處亂竄，再度引起同學們此起彼落的尖叫聲，當老鼠經過腳邊時還跟著跳躍、閃躲，引起教室一陣騷動。

潘老師本來從走廊一步步緩緩走近教室，但聽見教室陸續傳來陣陣的尖叫聲，還以為發生了什麼事，三步併作兩步趕緊奔進教室，打掃外掃區的明潭和其他同學也跟著進來。

育菁看到老師出現，慌張地告訴他：

「老師，老鼠！」

「我怎麼會是老鼠？」

「不是啦！老師，那裡有老鼠！」育菁拉高音量有點急促地說著。

「老鼠，在哪裡？」

「老師快看，就在那裡。」除了育菁之外，其他同學紛紛也比著老鼠奔跑的地方。

老師目光順著育菁的手勢瞄了一下，大步從後門外頭的打掃用具存放區拿了一支塑膠掃把，沿著老鼠所在處驅趕著，慌張的老鼠東竄西躲，順著牆角闖進剛剛開啟的後門，後走廊是一個密閉的空間，老師發揮迅雷不及掩耳的速度，立即「叩」的一聲將後門給關上。

同學們紛紛圍到窗邊，親眼目睹不速之客的廬山真面目，明潭更是展現勇往直前、衝鋒陷陣的鬥志，把其他同學用力擠在後頭，呈現獅王、老鼠對峙的畫面。

就在此刻，自詡為獅王的明潭靈光乍現，腦海中瞬間浮現曾經看過一個老鼠與獅子的寓言故事，故事是這樣寫著：老鼠把睡覺中的獅子吵醒，害怕被獅子吃掉，但是獅子卻放過老鼠。後來獅子誤入陷阱被繩子捆住，老鼠為了報答獅子的不殺之恩，用力把繩子咬斷，最後解救了獅子。

明潭心想，是不是要效法故事中的獅子，很有氣度地把老鼠給放了，雖然不奢求老鼠來報恩，至少將牠留個活命吧！

隔著窗戶探看，老鼠依然是驚慌地四處拼命竄逃，伺機尋找縫隙出口，但像孫悟空逃不出如來佛的手掌心一樣，只能在後走廊僅有的空間遊走、轉圈圈，要逃也逃不掉。

老師要育菁到總務處找工友伯伯來幫忙捉老鼠，但是她方才被老鼠給嚇著，心有餘悸地不敢靠近，躲在後頭遠遠觀看著。明潭自告奮勇表示自己可以代替班長去總務處找工友伯伯，老師毫不考慮地要他趕快前去。

不一會兒的功夫，明潭前腳才踏進教室，後腳工友伯伯就趕到，老師遞給了他捕鼠籠，兩人小心翼翼的進到後走廊，還得留意老鼠會趁機從門縫逃走；老師拿著塑膠掃帚驅趕，工友伯伯在另一頭拿著捕鼠籠等候，兩人分工準備來個「甕中捉鼠」。

雖是採取二打一的捕捉策略，但是老鼠也不會就這麼聽話，乖乖進到捕鼠籠束手就範，雙方你來我往、你攻我躲纏鬥許久，只見老師和工友伯伯手忙腳亂追著老鼠團團轉，後走廊的窗戶邊，早已圍滿看熱鬧議論紛紛的同學們。

看到老師使出渾身解數，動作敏捷矯健的老鼠猶如困獸之鬥，不肯輕易束手就縛，展現抗爭到底寧死不屈的決心，明潭巴不得吹響號角，以萬獸之王的身影加入這場戰局，發揮英勇的追捕能力，得以讓這場人鼠戰役盡早鳴金收兵。

就在眾目睽睽之下，老鼠敵不過人類的雙向夾擊，一不小心誤入捕鼠籠，霎時籠子就被工友伯伯一把關上，成了籠中之鼠，終於結束這場金鼓雷鳴的人鼠戰役。

大家很好奇問老師關於老鼠的下場如何，老師述說著不速之客的去向：

「曾經有人捉到老鼠，就用火活活把老鼠燒死，悽慘的死狀可真是殘忍。還好工友伯伯不屬於同一類型的人，他並沒有採取這樣的手段，而是將籠子裡的老鼠帶到學校附近河堤旁的草叢放生，還給牠自由之身。」

教室裡接二連三的懸案終於水落石出，不再有不速之客的騷擾，倒是獅子與老鼠的故事何時再度上演續集，有朝一日金毛獅王遇難時，老鼠不知會不會現身伸出援手解救呢？

寫信給聖誕老公公

「信寫了之後，都會收到回信嗎？要是信件從世界各國如雪片般飛來，多的不得了，哪回得完啊！」

自從離奇詭異的案件破獲後，教室裡未曾再出現不速之客的造訪，水果、老賴蔥油餅或是其他吃的物品不再遺失，環保香皂不再出現咬痕，老師的運動飲料可是貨真價實、毫髮未傷、滿滿的整罐，倒是教室內的牆角偶爾會發現：一顆顆小小黑色加上白色的固體。

育菁看到非常吃驚，該不會是不速之客死纏著大家再度現身？慌張地連忙告訴老師她的新發現，老師聽完後走過來，蹲下身軀，仔細瞧瞧，起身後笑了笑，對育菁和大家說：

「別著急，這一堆不是老鼠屎，是壁虎的糞便，壁虎糞便比老鼠屎小，形狀細長，而且黑色糞便旁邊通常還附著一個白色的固態物，聞起來沒什麼味道，不像老鼠屎散發出一股惡臭，不用大驚小怪，拿掃把掃掉就好。」

育菁聽完鬆了一口氣，壁虎看起來比老鼠順眼些，也不會那麼惹人厭，至少糞便不是臭的，教室也恢復昔日的平靜。

往年的十月三十一日萬聖節前，英文老師都會配合舉辦「不給糖就搗蛋」的活動，但是今年卻一點動靜都沒有，可以說是停辦，讓大家很是失望。

不過英文老師倒想出另一個異於平常的點子——寫信給聖誕老公公。

當老師宣布這個迥然不同的訊息時，大家露出不可思議的眼神，七嘴八舌討論起來，家豪率先舉手發問：

「根本沒有聖誕老公公，怎麼寫信給他呢？」

「怎麼會沒有，不但有，而且他收到你的信，還會回信給你喔！」

「這怎麼可能，老師您別騙人，我小學一年級就發現聖誕老公公是爸爸裝扮的，禮物也是爸媽買來放到門邊的紅襪子裡，所以根本不存在，何況我家也沒有煙囪啊！你們認為真的有聖誕老公公嗎？」家豪很肯定地表示聖誕老公公是不存在的事實，還詢問起同學們的意見。

大家紛紛搖搖頭表認同家豪的看法，那是在故事書裡、電影裡才會出現的人物，現實生活中看到的老公公都是真人裝扮；更何況，每年聖誕節當天，學校的家長會長都會打扮成聖誕老公公的模樣，進入每班教室發送棒棒糖給每位小朋友，當然沒有從煙囪跳進來，再說學校也沒有煙囪。

「我在網路上看過這個寫信給聖誕老公公的消息，但我自己從來沒寫過。」育菁倒是表示聽過這訊息。

「那大家有興趣來寫寫看嗎？會有意想不到的收穫喔！」

大家你看我、我看你，目光交錯確認許久，似乎在尋找首先發難的聲音，倒是育菁劃破寂靜的教室，再度發言：

「我想嘗試看看，要是能收到聖誕老公公的回信，那真是太棒了。」

「我也要。」

「我也要。」

陸續有同學附和著。

於是英文老師向大家說明起寫信給聖誕老公公的由來：

「寫信給聖誕老公公是聖誕節的一個傳統，世界各地不少孩子們會在聖誕節期間寫信給聖誕老公公，根據國際電信聯盟統計，每年全球有數百萬封寫給聖誕老公公的信。聖誕老公公回信這種機制最早是源自於芬蘭的聖誕老人村，後來各國郵政亦陸續跟進，提供回覆給聖誕老公公信件的服務，由郵政員工或是志願者以聖誕老公公的口吻回信，甚至德國還為此特別設立聖誕郵局。」

「原來不只我們，世界各地早就有許多人寫信給聖誕老公公。」育菁點頭說著。

「信寫了之後，都會收到回信嗎？要是信件從世界各國如雪片般飛來，多的不得了，哪回得完啊！會不會這樣就石沉大海呢？讓我們苦苦地等待，不就白寫了，豈不是浪費大家的時間。」明潭有點懷疑地問。

「應該是不會，各國都會有許多熱心的志工協助回信，到時候你也會收到。」老師補充著。

「我們都沒有寫信寄到國外的經驗，不知道要怎麼寫呢？而且是要寫中文還是英文呢？」仁漢雙手一攤無奈地說著。

「這個大家不用擔心，除了寄到香港是用中文書寫，其他國家都可以用英文書寫，為了讓大家有機會練習寫英文信的機會，而且我們又是上英文課，理所當然要試著用英文來寫信。」

「不會吧！用英文寫信！老師，以我們的程度，要寫一封信，天啊！哪有辦法，您不要為難大家。」仁漢一副哀兵求助的眼神。

「這個大家可以放心，不用太擔心，老師當然不會刻意刁難大家，我會先擬一個範本讓大家參考，願意寫更多的當然更好，所以回家後請每位同學先準備好書寫的卡片，當然還包括信封。」

「還好有範例可參考，要不然可會要我的命，那我就安了。」仁漢總算鬆了一口氣，當然也為大家尋覓解決的方式，也許有一些同學和他都有相同的困惑，至少得以放下心中隱隱的憂慮，大家就可以一起——

寫信給聖誕老公公。

隔了兩天又是上英文課，老師一上課就在黑板上列出幾個國家，包括：芬蘭、加拿大、法國、德國、奧地利等國家，老師表示每個人可依自己的喜好寫信給不同國家的聖誕老公公。

然後拿起粉筆在黑板寫下一段英文書信短文，讓大家可以依樣寫在卡片上，當然姓名、年紀、希望獲得的禮物和寄件者等空白處，就要自己來書寫。

明潭搔搔頭思考：希望聖誕節得到什麼禮物呢？摸到自己滿頭金色頭髮後，忽然靈光一閃，如果能去看一場《獅子王》的電影，不知該有多好？當他把這想法告訴仁漢時，仁漢不禁笑說：

「金毛獅王來看《獅子王》，豈不就是王見王，不過英雄惜英雄，應該是很有趣的畫面，到時候一定要邀我一起去喔！我絕對不會錯過這場盛會。」

最後的署名，明潭事先查出金毛獅王的名稱，寫下：

「Golden lion」

寫完後明潭很是得意的樣子，他要讓自己的名聲傳到國外去，至於寄去哪個國家？因為先前他看過加拿大的國徽上，有隻戴著皇冠的獅子，而且還是金毛獅子，彷彿看見自己金毛獅王的影子，讓他印象格外深刻，所以理所當然第一個想到的就是要將信寄給加拿大的聖誕老公公。

仁漢表示要寄給法國的聖誕老公公，家豪則是選擇德國，至於育菁一口氣就連續寫給兩個國家的聖誕老公公，第一個想到的國家當然是聖誕老公公的故鄉——芬蘭，另一個則是交響曲之父海頓的故鄉——奧地利，因育菁喜歡古典樂，特別喜愛海頓的作品。

育菁又想到一個問題，立刻舉手問說：

「老師，那信封上的郵票要貼多少錢？」

老師一聽到育菁的問題，拿起粉筆轉身將要貼的郵票金額寫在各個國家的下面，除了加拿大是十五元，其他芬蘭、法國、德國、奧地利等國家都是貼十七元的郵票。

老師要大家把郵資用鉛筆寫在信封的背面，回家各自買郵票貼上之後，再自行投入郵筒，每個人都能實際完成寫信、寄信給聖誕老公公。

同學們陸續完成這次壯舉，算是初體驗，面對現今E-mail、臉書或是Line通訊軟體受到大家普遍使用，實際用筆來書寫信件已經漸漸稀少，特別是寄到國外去，可說是大家頭一遭做的事。

信寄出去後，滿心的期待，期待著收到回信的那一刻，那種殷殷盼望之情，所有希望，都寄託在各國的聖誕老公公身上。

第一封收到回信的是來自奧地利的回信，班上有四位同學同時收到回信，育菁拿到的信件外表看起來就像是一般信件，沒有聖誕老人的郵戳跟郵票，也沒有任何聖誕圖案，從外面看起來還真不知是聖誕老公公寄來的，不拆開來看也不知道。

育菁收到信件的第一個感覺有些失望，怎麼會是這麼單調無趣的回信呢？

但將信封打開後，極為驚喜，裡面竟然是一本聖誕英文繪本和貼紙，繪本是一本有關聖誕節的英文小書，都是用英文書寫，得花些時間慢慢翻譯才看得懂；至於貼紙上有雪人、松鼠、兔子、貓頭鷹等圖案，很漂亮又實用，大大扭轉外包裝的感受，讓她看了又看，愛不釋手！

這也印證了：不能光看外表，就決定一切。

接下來就是家豪收到德國聖誕老公公的回信，信封上貼著聖誕老公公騎三輪車的彩色郵票，郵戳也是聖誕老公公的圖案，真是用心設計，有趣的搭配的確討人喜歡。

信封裡放了三摺的卡片，第一面印著許多有關聖誕節的郵票，第二面是小朋友拜訪聖誕老公公的圖案，第三面是麋鹿和聖誕老公公一起布置聖誕樹的有趣圖案，不過這一頁僅有線條的畫框，是留給收信人著色用的，讓收信人也可動手著上喜歡的顏色，具有互動性，頗有巧思。

後來是仁漢收到法國聖誕老公公的回信，信封和裡頭的卡片都印有聖誕老公公的圖案，一個圖案是聖誕老公公坐著雪橇準備去送禮物，另一個是把聖誕老公公設計成太空人的模樣，乘著彷彿是太空船的雪橇去送禮物；卡片內的英文文字是印製好的，而且很長一篇，也和育菁一樣得花時間來翻譯，才能知道寫些什麼。

明潭看到同學陸陸續續收到不同國家的回信，露出羨慕的眼神，眼巴巴地看著同學們開心拿著卡片的神情，自己卻是苦苦地等待，心裡頭頗為吃味，為什麼到現在都沒收到回信，該不會是加拿大沒收到信件、寄丟了，或是這個國家的聖誕老公公都不回信呢？甚至懷疑起老師說的話是不是騙人的。

老師安撫著明潭和尚未收到回信的同學們稍安勿躁，再等等看，畢竟這是跨國信件，往返需耗費許多時間，更何況聖誕老公公他們可不是只收到明潭班上同學的信件，而是來自世界各國寄去的信件，不知會有多少，大家可要多點耐心等候，順利的話應在聖誕節之前會收到回信。

眼成穿、骨化石的企盼，就在聖誕節的前兩天，學校總務處廣播請明潭班上

派同學去拿取信件，聽見這廣播內容，明潭的耳朵頓時放大收聽著，沒等廣播說完，明潭自詡的金毛獅王再度上身，使出非洲草原的奔跑速度，狂飆至總務處。

衝出教室時，還差點把隔壁班大腹便便的老師給撞著，更不把走廊張貼的「請勿奔跑」斗大的提醒標語放在眼裡，三步併作兩步的神速，就為了趕快拿到信件，腦海閃過的直覺，今天應該有他的信才對。

皇天不負苦心人，盼啊盼，終於等到加拿大聖誕老公公的回信，信封上的郵票是一個小朋友戴著聖誕帽，還真是厲害，完全符合收件人的年紀，右下角還有一支七彩的拐杖，是棒棒糖造型。

信封一拆開，從三折的信紙裡掉落一片楓葉，明潭連忙小心翼翼撿起來，這楓葉可是加拿大的象徵，連國旗中間都印有一片火紅的三裂楓葉，是其他國家的聖誕老公公回信所沒有的，讓他格外珍惜。

打開A4大小的信紙，上半部寫了好長一篇的英文，下半部有個聖誕老公公圖案，手裡還拿著信，身旁有五個頭戴聖誕帽的小朋友，手舞足蹈的動作，宛如很是開心地收到聖誕老公公寫來的信，這應該代表著，希望收到聖誕老公公回信的小朋友，都是非常快樂。

就像明潭當下一樣的心情，拿著信件和獨有的楓葉，四處展示給同學們看，彷彿是炫耀又是驕傲的姿態劃清自己的區域範圍，表示「你看，我也有，楓葉你們就沒有，怎樣，不賴吧！」不讓其他同學專美於前，總算可以一吐昔日的窩囊心情。

聖誕節前一天才收到的，是來自芬蘭聖誕老公公的回信，也就是育菁寄出的另一封信，班上還有六位同學也寫信到芬蘭，加起來就有七位同學選擇芬蘭。

英文老師連忙補充說，芬蘭是聖誕老公公的起源，所以世界各國很多人要寫信給聖誕老公公，第一個想到的就是芬蘭這個國家，所以在各個國家中芬蘭收到的信件是最多的，相對的，要回的信件也是最多，動員的人力、花的時間應該最為龐大，因為是這樣，所以大家收到的回信也會最晚。

育菁終於拿到回信，信封外面是印著聖誕老公公的郵票，蓋的郵戳是聖誕老公公頭上戴著帽子的造型，不愧是來自故鄉的最佳裝扮；特別的是信封的背面印著剪紙的五個步驟，按照這圖案描繪後摺成四折，然後剪下來，就出現連續四個聖誕老公走路的姿態，非常獨特的設計。

至於信紙周邊印製著許多聖誕老公公在雪地裡玩著曲棍球、聖誕樹、雪橇、麋鹿等熱鬧歡樂場景的彩色圖案，內文則是印好的英文內容，育菁瀏覽一遍，約略是介紹芬蘭和聖誕老公公的內容。

回信雖慢，但不打緊，能收到回信而且是在聖誕節前夕，相信大家就不會度過一個空白、失望的聖誕節，而是一個開心又不一樣的聖誕節，應該也是聖誕老公公希望帶給大家最好的禮物。

當然這一天，聖誕老公公踩著彷彿雪橇裝扮的三輪車，真的出現在校園中，還送每人一支棒棒糖當聖誕禮物。

樹人

「大家都不知他姓什麼、叫什麼，既然他是住在樹上，乾脆就直接稱他為樹人。」

「我遇到了！我遇到了！」

一早進到教室，育菁就高聲對同學說著。

「班長，妳真的遇到聖誕老公公了嗎？」仁漢猜道。

「才剛收到聖誕老公公的回信，就遇到本人？真是幸運，我金毛獅王想要遇見他都沒有機會。」明潭失望地說。

「你們兩人不要唱雙簧，一搭一唱的，還以為要上台表演說相聲，都已經長這麼大了，還以為真的有聖誕老公公，真好笑，超幼稚。」家豪笑著說。

「你才幼稚，那你以為育菁遇到誰，你最厲害，你說說看啊！」明潭不以為然地回答著。

「我又沒有未卜先知的能耐，還是讓育菁自己說吧！」家豪搖搖頭識相地說著。

待大家的目光轉向育菁，眾人炯炯有神地渴望她揭曉謎底，她才開口要大家不要吵，聽她好好說明白。

時間回到昨天放學前，因為育菁的自動鉛筆在下課時掉到地上，當她移動椅子尋找時，自動鉛筆就被椅子的一腳給壓住，育菁又坐了上去，結果「啵！」的一聲，心愛的自動鉛筆就斷成兩截，讓她非常捨不得，因為這枝筆是阿姨出國旅遊買回來送給她的，改天遇到她不知該如何面對。

因此育菁放學後就先到學校附近的書局，想要再買一枝自動鉛筆，書局裡的鉛筆琳瑯滿目，也有許多卡通造型的圖案，價錢從便宜到昂貴的都有，甚至一枝自動鉛筆售價還要二、三百塊，當然這不是她所能負擔的起，而且也不需要買這麼貴重的筆。

最後她挑選一枝印有可愛卡通造型的自動鉛筆，筆芯也不要太細，免得用力一寫就容易折斷。結完帳時，看到新書展示區擺放好幾本書局強力推薦新出版的少年小說，書名和封面都吸引著她，於是她就先挑選一本書來翻閱。

喜歡看書的育菁，在班上或是在學校早已人盡皆知，學校推動的閱讀活動，她早已取得「金博士」的殊榮；而且線上閱讀認證陸續通過麻雀、白頭翁、綠繡眼、紅鳩、紅尾伯勞、紅嘴黑鵯、白耳畫眉等級，到最後取得「臺灣藍鵲」的最高等級。

書本一翻開，育菁很快進入書海的浩瀚天地，欲罷不能的她，也顧不得人來人往的走動，絲毫不受外界干擾而分心，依然是專注地隨著少年小說裡的故事劇情，跟著緊張、擔憂、開心、激動等心情，情緒高高低低地起伏變化，幾乎是與書本融為一體。

相對的，時間也一分一秒地消逝在少年小說曲折的故事裡，冬天的太陽公公總是早早打烊，直接就換上黑壓壓的布幕，育菁頭一抬，雙眼往門外一瞧，被黑漆漆的天際嚇了一跳！

直覺反應：天黑了，該回家了。

將書本的頁數記在腦海中，下回就能接續看下去，才知道小說的劇情發展和最後的結局，她真是個書迷、書痴。

這麼晚才回家，深怕爸媽在家擔心甚至生氣，希望趕快回到家，所以只好選擇走捷徑。

那是一條不甚寬敞的道路，平常都是只有機車、腳踏車和行人通過，但過往的人並不多，轎車車身太寬，是無法通行的，路的兩旁是一大片的麻竹園，當育菁獨自一人經過此處時，頓時一陣寒風吹襲，彷彿穿梭在陰森的祕境，讓她不禁

打了個哆嗦。

就在此刻，突然有個黑影閃過，接著發出低沉的聲音，說：

「小妹妹，我已經好幾天沒吃東西，可不可以給我二十塊去買麵包吃？」

聽到突來的聲響，的確嚇了一跳，因天色昏暗又沒有路燈，瞪大眼珠子，隱約看到有個人站在一棵樹下，伸出手來對她說話。

摸摸口袋尚有剛剛買自動鉛筆找回的兩個十塊錢硬幣，但是腳的動作比手快，驚嚇之餘拔腿就跑，手也來不及掏出零錢來，根本也沒想到要把零錢拿出來，心裡頭就只有一個「跑」的念頭。

三步併作兩步以跑百米的衝刺速度奔跑離開現場，兩腿還差點打結、跌倒，耳際依稀聽到：

「小妹妹，妳不要跑，我不會對妳怎麼樣，妳不要跑，聽我說——」

育菁頭也不回地只顧著快跑，哪還會乖乖聽他說，昔日很快就走過這小路，怎麼今日覺得跑了這麼久還沒通過，讓她更是驚慌，宛如掉進伸手不見五指的無底深淵，腦海沒有任何雜念，跑就對了。

就當育菁心有餘悸將這驚險逃脫的過程告訴同學時，額頭還冒出汗來，家豪率先回應：

「你遇到的這個人，不用擔心，的確是個人沒錯，大家都叫他為『樹人』。」

「為什麼呢？」仁漢好奇地問說。

「育菁，妳剛剛說在一棵樹下看到樹人，對不對？」家豪問著。

「沒錯，我就是在一棵大樹下遇到你說的樹人。」

「這就對了，那個樹人就在樹上搭著一間簡陋的樹屋，那就是他的家，大家都不知他姓什麼、叫什麼，既然他是住在樹上，乾脆就直接稱他為樹人。」家豪將樹人的由來一一道來。

未曾走過這條小徑的明潭，好奇心的驅使，很想瞧瞧樹人的廬山真面目，就對家豪說：

「放學後你能不能帶我去找樹人？」

「你找他要做什麼？搞不好他也會向你要二十元買麵包吃。」家豪狐疑。

「我只是想要看看樹人到底長什麼樣子。」

「好吧！看你這麼誠懇，我就帶你去找樹人。」

不過因為今天放學，媽媽還是會來載明潭回家，只好跟家豪說改成明天再去。

明潭一回到家，正準備向媽媽說隔天放學要和同學一起走路回家，就不用到學校載他；不過話來不及說出口，媽媽就搶著先開口表示：

隔天要早一點上班，所以放學沒有辦法到學校接他，要明潭自己走路回家。

剛聽見媽媽一副輕鬆自在的話語，明潭心裡嘮嘮叨叨地覺得，媽媽就只會忙工作，只會賺錢又有什麼用，動不動就把他拋下，像個路人甲一樣無關緊要地晾在一邊，一點都不重視他的存在。

當下又想了想，莫非是老天爺眷顧，特別安排，讓他能名正言順地走路回家，不用再編一大堆理由，正好可以完成心中想做的探險。

隔天放學，家豪也不記前嫌帶著明潭去找樹人，仁漢也想去湊熱鬧，緊跟在後頭。原本家豪也約育菁一塊兒前往，到時候也許可以展現男子氣概，上演一段英雄救美的浪漫過程，但是育菁一聽到，立刻搖搖頭，表示先前已經被嚇到，這經驗很不好，因此不想再看到樹人。

三人背著書包，走出校門後，毫不猶豫直接往育菁走的小徑前行，沿途也不作逗留，要是等到天色昏暗，也看不清楚什麼，就枉費專程的探訪。

正當穿越麻竹林，寒風呼嘯吹進竹林，枝葉搖曳交錯「嘎、嘎」作響，聽起來還有點古怪，這聲音白天聽起來還不算可怕，要是晚上經過聽到，就像是上演恐怖片，膽子小的也許會嚇破膽。

還好太陽公公尚未打烊，仍可看清楚四周的一舉一動，不會被這突來的聲響給嚇著，但是三人還是前後挨依著，不會有太長的距離，彼此壯膽。

遠遠望去已經看到路旁的那棵大樹，白天看得很清楚，是棵榕樹，樹上的確有間樹屋，腳步繼續前進，樹屋看得更是清楚，周圍和屋頂用木板拼湊而成，上頭還覆蓋著一塊塊紅白相間的帆布，其中一塊是選舉時候選人的廣告帆布，候選人斗大的名字還看得見，好像在為他做免費的廣告，不過選舉早就過了，也不需要特別再進行宣傳。

樹下還看到一堆鵝卵石，上頭有個黑色的鍋子，石頭旁殘留灰黑的餘燼和樹枝，估計應該是用鵝卵石搭建簡易的炊煮工事；除此之外，附近還堆滿一袋袋大大小小的塑膠袋，裝著免洗碗筷、寶特瓶、果皮、碗裝的泡麵空盒……

明潭隨手拿起地面上的土塊，使勁往樹上的樹屋一丟，一方面是練習自己投擲的準度，另一方面想要看看樹屋裡是否住著樹人或是躲藏其他動物，像是鳥類、獼猴之類的。

恰似石沉大海，一點回應也沒有，也不像是驚動鳥群，突然就展翅高飛，靜悄悄的狀態令人有些失望，就像釣魚時魚餌被吃掉，拉起釣竿，僅剩下赤裸裸的釣鉤，什麼獵物都沒有上鉤，安靜無聲的反應甚是無趣，只好再找別的事做。

正當三人專注看著塑膠袋裡究竟裝些什麼寶貝時，突然聽到一聲尖銳的聲音從上方傳來，這應該就是樹人的聲音：

「你們幾個小朋友想做什麼，想偷東西是不是？」

三人循聲往樹上看，只見那人滿頭灰白的長髮，還好是綁起來的，要不然會誤以為樹人是個女生，黝黑的面容，白色汗衫、黑色短褲，赤腳。

「沒、沒有。」三人偷瞄了一眼，異口同聲回答著。

「你們好大的膽子，竟敢來偷我的東西，還拿石頭丟我的房子，我正好眠，就被你們吵醒，你們不要走，等我下來好好教訓你們一番！」

三人一聽到樹人的憤怒之語，二話不說拔腿就跑，深怕要是被樹人逮著，不知會遭到何種對待，而仁漢突然發覺忘了拿餐袋，連忙折返取回，再轉身狂奔。

三人邊跑邊轉頭，看看樹人是否追上來。樹人竟然不死心，跳下樹屋後，緊跟在三人的後頭，像玩起了貓捉老鼠的遊戲。

自詡為金毛獅王的明潭，理應是不怕貓的，此時的他瞬間成了老鼠，宛如逃難似地被追著跑，只發揮飛毛腿的速度，卻喪失了獅子英勇威武的本性。

通過麻竹林的小徑之後，三人放慢腳步再度回頭，樹人早已停下腳步，並沒有追上來。望著他枯瘦的背影，反向漸行漸遠，遠遠眺望，只見身影頗為俐落，三兩下一溜煙就爬上樹屋，回到樹上的家去。

很是特別的方式，回家是用「爬」的，令人難以想像，雖然明潭有時也不是很想回家，但不至於要辛苦地爬回家。

隔天到學校，三人開始訴說昨日的樹人奇遇記，明潭還是自誇自己把樹人嚇出樹屋，讓他沒有辦法好好睡覺，展現自己豪氣十足的一面，同學們聽了對他佩服不已，特別也要他展示給育菁看。

但是說了一大堆英勇事蹟，獨獨省略被樹人追逐嚇跑的一幕，仁漢與家豪也閉口不談，這樣的窩囊事何需重提，免得惹來同學的訕笑。

倒是明潭殷勤地對育菁說：

「以後放學如果要走那條麻竹林的小徑，妳就告訴我，我陪妳走，樹人就不敢再跟妳要錢了。」

「育菁、育菁，不用找明潭，妳找我就好，我膽子可是比他大，妳放心，有我在，樹人也不敢亂來。」家豪不甘示弱搶著說。

「誰說我膽子小，我可是天不怕、地不怕的金毛獅王。」明潭挺起胸膛駁斥道。

「還自以為金毛獅王，真是臭美，那有什麼了不起，故意拿土塊丟樹人，以為他會怕你，反倒是你遇到樹人就嚇得趕快逃跑。」

「你還不是一樣，還好意思說別人，真是五十步笑百步，還想英雄救美，早得很呢！」

「好了，你們不要再像鬥雞整天遇到就鬥個不停，我倒是有個不同的想法。」育菁不耐煩地阻止兩人的拌嘴。

「妳有什麼想法，說來聽聽，該不會又要去找樹人了吧？」仁漢問。

「我以前在網路上看到一則報導，提到美國有位環保運動人士，為了保護樹木不被砍倒，在一棵高55米、有著千年樹齡的加州紅木上生活了738天，成為當時社會的熱門話題，大大推動環保意識的普及以及環保運動的發展。我在想，你們所說的樹人，會不會也是位環保人士，是我們錯怪他了。」

「他哪算什麼環保人士，我看是不可能，他伸手向妳要錢，還追著教訓我們，陰魂不散的模樣挺嚇人的，以後還是少走那條小徑為妙。」明潭好言勸說著。

「可是他為什麼要住在樹上，難道他沒有家嗎？住在樹屋多不方便，遇到颳風下雨，或是颱風天，那該如何是好，豈不是隨時都要擔心天氣的變化，住起來多不安穩。」育菁一副擔憂的口吻。

「有什麼好擔心的，下雨就躲在樹屋裡躲雨，我還發現榕樹旁有一個鍋子，他自己會煮東西吃，應該不會餓肚子。」家豪不以為意地說著。

「話可不能這麼說，你看，當初他會伸手向我要錢，一定是身上沒錢，也不知多久沒吃東西，鍋子一定是空空如也，才會向路過的人乞討吧！他沒有對我怎麼樣，我只是因為天黑了，才被突來的黑影嚇到。」育菁繼續推測著，頗同情樹人生活不便的處境。

「我想樹人邊幅不修的模樣，應該是無業遊民，沒在工作吧！他這樣子，應該沒人敢雇用他吧！不過要是他對妳怎樣，妳現在還能好好地站在這裡說話嗎？」明潭接著說。

「你別把樹人說得一無是處的壞，他會變成這樣，沒有住在自己原本舒適的家，把樹上當成自己的家，一定有不得已的苦衷，或是遇到經濟上的困難，否則誰喜歡獨自住在這樣惡劣的環境。」育菁很有同理心地堅持著自己論點。

……

約略過了一個星期，潘老師利用上國語課的時間，對大家說起樹人的訊息，引起明潭豎起耳朵，仔細聆聽著。

老師表示：最近幾天陸續發生許多同學在上放學途中被樹人驚嚇的事情，雖然樹人並沒有攻擊傾向，也未傷害任何人，但他的存在讓許多人不敢走那條路，亦造成許多學生和附近居民的不安。

後來經過里長向社會局反映，社會局就派社工至現場了解，最後將樹人安置到一家基金會設立的遊民收容中心，不再住在樹屋，以後大家就可以放心從那條小徑出入。

樹屋的主人終究搬家了，樹人從此消失，金毛獅王又可大大方方無憂無慮走過這片麻竹園。

光頭獅王送年菜

「光頭獅王送年菜，很好啊！阿公、阿嬤看到一定會很喜歡。」

在南部私人公司負責環境打掃的外婆，先前聽女兒打電話告訴她明潭在學校的走樣行徑，絲毫都不像個小學生的樣子，心中頗為憂心。於是利用星期六放假，特別風塵僕僕搭火車北上，來探視女兒和孫子明潭。

外婆進家門後，一看到滿頭金髮的明潭，非常訝異，打心底還真是無法接受這樣奇異的打扮，這副模樣在學校一定成為特殊份子，也許是學校的頭痛人物。

雖是如此的感受，但是她沒板起面孔加以指責，更沒有嚴厲地口出惡言，反而是逆向思考，僅用溫和口吻告訴他，現在是個國小學生，學生到學校就要守本分，要好好專心念書，不要讓媽媽操心、煩惱，她賺錢也是很辛苦的。

說到這個就滿肚子怒氣的明潭，卻不這麼認為，直言媽媽一點都不關心他，平常晚上不在家也就算了，連假日都不肯好好留在家陪他；他積怨已久，人家同學爸媽放假會帶他們出去玩，而自己呢？老是自己孤零零的一個人，沒有人陪伴，整天怪孤單的，連去登山步道健行，還要拜託同學的爸媽帶著一起去——

「……好像我是沒有人要的孤兒一樣！」

「你哪是孤兒，還有你媽媽和我啊！天下的媽媽都是一樣的，哪有當媽媽不

關心自己孩子的道理？」外婆完全不認同明潭的想法。

「我知道別人家的都一樣，不過，只有我媽媽例外。」明潭毫不考慮接著說。

「你真是大錯特錯。當初你媽媽不小心懷孕，完全沒有任何心理準備，我擔憂她自己養不起，還要再養一個小孩，簡直是痴人說夢話、不自量力，到頭來兩個人都得勒緊褲帶餓肚子……」外婆頭一回說出這個事實，憶起母女爭執的從前。「乾脆要她進行人工流產手術，費盡多少唇舌想說服她，她非但沒聽我的勸告，還堅持要留住你，就是要把你生下來。」

「光說要把我生下來，其他都不聞不問，還是太不負責任了吧！」明潭率性地回答，不以為然。

「生你的時候，你媽媽非常不順利，不知為何發生血崩，還差點把命送了啊。」想起當年，外婆萬分難受，當時她以為會與女兒就此天人永隔。

「那又怎樣？現在人還不是好好的。」明潭一副不屑的神情，依舊不領情。

「記得你兩歲時發高燒，遲遲不退燒，在醫院住一個星期，你媽媽每天在醫院照顧你，和外婆換班後還不休息，天天到媽祖廟，跪在媽祖面前，祈求媽祖保佑你趕快退燒，能平安康復……你媽媽的用心，你知道嗎？」也許女兒真的因為太忙，忽略了陪伴明潭，但她對兒子的愛是確實地付諸行動。

「那又如何？這是要感謝媽祖婆的保佑。」沒想到，明潭一句話又回來，將媽媽用心照顧完全忽略。

「這些年媽媽為了照顧你，夜以繼日拼命工作賺錢，平常省吃儉用，就是希望給你過一個較好的正常生活。縱使遇到追求的對象，她掛心著無法專心撫養你，或是對方無法接受你，願意一起照顧你，全都毫無考慮一一婉拒掉，她寧可犧牲自己的幸福，堅持著全心全意要照顧你，直到長大。」這些年外婆掛心著女兒的幸福，也不是沒替她介紹過對象，然她一心一意以兒子為重，而這些明潭全都不知情……

「然後呢？說好聽是要照顧我，事實上卻是成天丟著我不管，她整天都忙著她的事，看起來很忙的樣子，真不知到底在忙些什麼？我真的不懂，每天把我丟在家裡，一點都不重視我，讓我一點存在感都沒有，這哪算是照顧我？誰會相信！所以我只好照顧我自己，當然也要照顧我的頭髮，雖然媽媽不喜歡我染頭

髮，但我就是要這樣做！」明潭忿忿不平，顯現刻意的叛逆作為。

「你染頭髮就是故意要惹你媽媽生氣？」外婆回問。

「沒錯，我就是故意染成滿頭金髮，讓她生氣！」明潭義憤填膺說得振振有辭，至少媽媽對他生氣，比完全忽視他來得好。

外婆說了這麼多，希望能讓這個不諳世事的小孩，了解媽媽扶養他的辛苦過程，但聽明潭三番兩次的埋怨，竟然一句話都聽不進去，怎麼勸怎麼頂嘴，深覺他真是太不懂事，一氣之下，揚起手臂，狠狠賞了他一巴掌！

啪！

重重一擊，晴天霹靂，明潭一時有點站不穩，踉蹌地，心中則是受到滿滿的震撼教育……這些行為，惹來外婆的憤怒之情，從沒遇過她這般生氣，他終於恍然驚醒，因自己的無知而愧疚不已……

回想起小時候，就讀國小前，媽媽把明潭送到外婆家讓她照顧。外婆對於年幼的孫子百般疼愛，只要是明潭想要或是想吃的東西，只要不會太貴重或是買不到，外婆幾乎就像土地公、土地婆一樣的「有求必應」。

記得有一次夏天，鄰居家的小孩因為天氣炎熱，就拿起水槍玩起噴水大戰，明潭看到也央求外婆要買一支水槍，而且容量要大，才能一口氣裝很多水，才不會玩個三兩下就沒水，常常要補充水量，怪沒衝勁的。

外婆真的買回一支像手臂般長的水槍，讓明潭拿著這支重裝武器和鄰居小孩展開水槍大戰，而這支水槍功力實在太強，連續地發射水飛彈，一連串的攻擊讓鄰居玩伴招架不住。

明潭仗著優勢火力乘勝追擊，完全沒有顧慮到對方，沒給一點喘息機會，縱使對方喊暫停，還是不顧一切火力全開，於是對方全身溼透後，嚎啕大哭起來。

最後，惹來對方媽媽憤怒的指責，怪明潭玩得太過火，完全沒有節制，簡直是故意的，還讓她的小孩變成落湯雞，外婆只好一直向對方表示歉意，方才化解這次危機。

還有一次是流行玩滑板車，明潭一看到，又是撒嬌又是哀求，外婆拗不過明潭的纏功，到頭來總是疼惜孫子，也買了一部滑板車給他，讓他也能像小飛俠一樣，自由自在優遊在馬路上。

滑行速度的快感讓明潭得意忘形，還吆喝起賽車比賽，找其他玩伴競速，內心好勝心的驅使，讓他居於不敗的衛冕地位，四處要找人挑戰。

倒是有一回和玩伴又飆起車來，宛如百米衝刺般的速度，完全沒有注意到路上狀況，就在通過一個十字路口時，一輛機車急駛而來，雖然機車駕駛緊急煞車，但是雙方速度太快來不及停住，還是撞個正著，皆撲倒在地，也都受了傷。

明潭的右腿、手肘都受到擦傷，痛了好幾個星期，讓外婆又是擔心又是自責。幸虧騎士有做煞車動作，雙方的傷勢還算輕，否則直接來個對撞，後果將是不堪設想。

回想昔日種種，歷歷在目，外婆總是把自己放在第一位，如此地疼愛他。今日會讓外婆生這麼大的氣，還被打了巴掌，明潭痛在臉頰，心也非常痛……他到底對這麼愛他的外婆，頂撞了些什麼！由於自己的任性、無知，引起這麼大的風暴，他是該好好反省，並思考如何面對未來。

「……對不起，外婆，我錯了。」

「傻孩子，你明白就好。疼不疼？外婆給你呼呼。」

……

這天晚上，受到當頭棒喝的明潭，也終於感受到媽媽對他點點滴滴的呵護，而自己卻萬般不領情，故意惹媽媽生氣，深深感受到無比愧疚。

懊悔之餘，竟然跑去理髮店，二話不說，直接請理髮師理個大光頭，不再當金毛獅王。

光頭獅子，引起校內一陣騷動，原本的金毛獅王呢？怎麼銷聲匿跡呢？第一個發問者當然是仁漢，一到學校看到幾乎不認識的明潭，一是驚嚇，二是疑惑，明潭究竟是受到什麼刺激，或是發生什麼重大的事情，才會讓他有這麼大的改變？

仁漢盯著明潭看了好久，特別是那光禿禿的獅頭，正要開口時，明潭就搶先一步說：

「看什麼看，沒看過帥哥嗎？」

「你真的是明潭嗎？是我認識的明潭沒錯吧！」仁漢有些疑惑，故意問道。

「你是真的認不得我嗎？再仔細看看，就是真正的我，沒錯。」

「金毛獅王怎麼忽然間變成光頭獅王，到底是發生什麼事呢？」

「這樣不好看嗎？國內外有許多明星也是光頭，人家可是紅得很。所以說，就算留光頭，還可以當世界級人盡皆知的大明星。」

「哈哈哈！」仁漢忍不住突然笑了出來。

「有什麼好笑的嗎？我也要當個閃閃發亮的光頭型男，讓『光頭』成為我的招牌標記。」

「光頭獅王要發威啦。」

「隨你怎麼說，反正金毛獅王已經消失了，如果你喜歡的話，乾脆你再去把頭髮全部染成金色的，金毛獅王就讓你來當吧！」

「算了，算了，我才不要當什麼金毛獅王。」

除了仁漢之外，班上同學家豪、育菁也都露出訝異的表情，感到不可思議，驚愕明潭怎麼會有如此巨大的轉變。

面對眾人異樣的眼光，明潭不以為意，就當做沒看到，遇到同學好奇的詢問，也都神色自若地一笑置之，不願說太多。希望這改變，是徹徹底底行為上的改變，不想再傷外婆的心，更不要讓媽媽擔心。

同學們雖對明潭巨大的轉變極為好奇，但是面對期末考試還是不敢輕忽，沒多久就轉移焦點，有的同學擔心成績會退步，有的同學信誓旦旦要拿進步獎，也有同學為了拿到禮物而努力，更有同學表明期末考成績的好壞，攸關農曆過年壓歲錢的多寡——那倒是很實在的問題，誰不希望壓歲錢的紅包，能收到飽飽的一大包呢？

該來的還是會來，該走的還是會過去，期末考就在幾家歡樂幾家愁的交錯氣氛中結束，而還有幾天的時間才正式放寒假，課業告一段落，考試也考完了，大家心情輕鬆許多，紛紛討論起寒假的計畫。

潘老師將期末考的國語考卷檢討完，接著發下一張「送年菜．愛老人」的活動簡章，是由一個基金會發起的慈善活動，利用農曆過年前將善心人士捐贈的年菜，送給學校附近的獨居老人，基金會非常歡迎更多志工一起參加送年菜的行列。

「我們小學生能報名參加嗎？」育菁首先舉手問。

「當然可以啊！才會發給大家這份活動簡章，小學生也可不落人後，展現關心老人的愛心，做善事是不需要分年紀大小的。」老師笑著回答，鼓舞同學們發揮愛心。

「我們又不認識這些獨居老人，怎麼去送年菜呢？突然跑去人家家裡，會不會被當做詐騙集團？」明潭滿臉疑惑地問，也有些顧慮。

「會有基金會的志工帶大家一起去，這點大家倒不用擔心。」

「可是要怎麼去，走路嗎？如果很遠該怎麼辦呢？」家豪接著問。

「基金會的志工會開車或是騎機車前往，要看參加的人數而定。」

「要繳費嗎？」仁漢欲言又止地問，儘管他家不缺錢。

「你這問題根本不是問題，這活動完全不用繳任何費用，當然基金會是非常期待更多人報名參加，各位同學把簡章拿回家給家人看看，如果有意願的同學，填妥報名表並勾選參加場次後，再交回給老師，學校會統一幫大家報名。」

隔天到了學校後，仁漢見到明潭，迫不及待問說：

「我想參加送年菜的活動，你要一起報名嗎？」

「這個嘛！我考慮考慮。」明潭似乎不怎麼感興趣，猶豫許久。

「還有什麼好考慮的，你不是一直要當個光頭型男嗎？而且光頭獅王來送年菜，一定可以讓同學們另眼相待，才不會覺得你這獅王只會搞破壞，到處惹事生非，盡做些惹人厭的勾當。」

「你說的是沒錯，不過……」

「不要再不過，做就對了！當然不做也不會怎樣，但我相信，做了一定很不一樣。」

「好，既然你都這麼說，做善事也不能少我光頭獅王一個，那我就和你一起報名參加囉！」聽完仁漢的勸說，明潭終於答應。

「一言為定。」

「一言為定！」明潭也給了堅決的回應。

兩人說好，便將報名表填妥，家長也簽完名後，隔天就交給老師，也許大家對送年菜這件事較為陌生，有的家裡已安排好寒假計畫，有的同學放寒假還得天天到安親班報到，到頭來全班就只有他們兩人參加。

學期末最後一天的結業式，學校慣例提醒大家放寒假要注意水域安全、交通安全、預防一氧化碳中毒等宣導事項，才能過一個既安全又快樂的寒假。

放假後的第一個星期六早上，明潭和仁漢八點鐘就到校門口會合，準備要去送年菜。

基金會的志工開著一部紅色的轎車，前座還坐著一位高中女生，也是自願要去送年菜的志工，後車廂放的兩個大冰桶，裡頭就是要送給獨居老人真空包裝的年菜，包括：鱈魚肉塊（年年有餘）、佛跳牆、年糕等，一旁還有麵條和四罐奶粉。

基金會的志工是位年輕的姐姐，她先把車停在校門口旁的駐車彎，介紹自己的身分，還主動表示叫她羅姐就好，然後從車內拿出兩件背心，上頭還印著基金會的名稱，讓明潭和仁漢穿上，仁漢就問說：

「羅姐，為什麼要穿背心？怪不習慣的，還有點熱。」

「這是為了識別作用，表示屬於基金會的志工，這樣老人們就會認得，減少防衛之心，不會把大家當做詐騙集團來對待，到時候連門都不讓你進去，像這位光頭的同學，穿起背心來也很好看啊！」

「羅姐，他可是我們學校的光頭獅王，也是自願要一起來送年菜喔！」仁漢幫忙補充著。

「光頭獅王送年菜，很好啊！阿公、阿嬤看到一定會很喜歡。」

明潭很是遲疑地問說：

「我這樣去送年菜會不會嚇到阿公、阿嬤呢？」

「這你不用擔心，只要穿著我們基金會的背心，品質保證，一切就安啦！」

兩人坐在轎車的後座，就啟程開始送年菜去。

第一位獨居老人就住學校附近的巷子裡，羅姐將轎車停在馬路旁，一行人分別拿著鱈魚、佛跳牆、年糕、麵條、奶粉等年菜，通過彎彎曲曲的巷弄，兩旁盡是低矮擁擠的平房，明潭平常上學的路線都是走大馬路，至於小巷子倒是沒有進來過，還真不知住著這麼多戶人家。

羅姐手裡另拿著一副電子血壓測量器，明潭心想，這應該不是要送的年菜吧？雖有疑惑，但也沒多問，反正就跟著羅姐走就對了。

遠遠看到一位頭戴著深藍色毛帽，坐在屋簷下的獨居長者，羅姐就主動向他打招呼：

「李伯伯早安！」

李伯伯舉起手來和大家打招呼，羅姐就向他介紹明潭、仁漢一行人是來幫忙送年菜的，明潭一行三人異口同聲向他問候：

「李伯伯好！」

「你們好！你們好！」李伯伯熱絡地回答著。

羅姐將年菜一一送給李伯伯，接著拿起電子血壓計放在他身旁低矮的桌子上，開始幫李伯伯測量血壓，量好後，羅姐將測量的結果記錄在李伯伯手上的一本簿冊，接著對他說：

「李伯伯，今天血壓都正常，你控制得很好喔！」

「呵呵！」

接著羅姐又送上一頂紅色的毛帽，因為李伯伯現在頭上戴的深藍色毛帽已經破了個洞，線頭暴露在外頭，鬆緊帶也都彈性疲乏，頭稍微轉動一下帽子就容易掉落，所以羅姐特別帶來一頂新的毛帽；前次來探視李伯伯時，聽過他表示喜歡紅色，羅姐牢牢記在心頭，這回才選擇紅色的。

只見李伯伯收到毛帽時，非常歡喜，立即取下原本舊的毛帽，換上新的紅色毛帽，特地站起來展示給羅姐和明潭一行人看，不忘問說：

「我這樣戴起來好看嗎？」

「好看，非常好看，很帥氣喔！」羅姐稱讚地比起大拇指。

「妳真會說話，年紀都一大把，哪有帥，我年輕時比較帥，不過真的很暖和，謝謝你們。」李伯伯嘴上說著，一副滿足樣。

「這位小朋友，我看你理個大光頭，冬天一定很冷吧！我這頂舊的毛帽送你戴。」李伯伯對明潭說著。

「不用了，李伯伯您留著，我不冷。」明潭摸摸自己閃閃發亮的光頭，連忙婉拒道。

一行人告別了李伯伯，繼續往下一位獨居長者住所前進。

接著來到一處空曠的稻田旁，鐵皮屋搭建著幾戶人家，拼湊起來的簡易房舍顯得格外簡陋，最右側的牆壁還有被火燒過殘留黑煙的痕跡，羅姐表示就在右側數過來第二戶，那也是位獨居的長者。一行人將年菜帶下車，羅姐站在門前叫了一聲：

「阿公，您在家嗎？」

尚未等到回應的聲音，羅姐就直接進到屋內，三人遲疑了下也跟著進去。屋內相當昏暗，採光不是很好，但可看到窗戶邊光線斜射進來處，坐著一位白髮蒼蒼的長者，手上還拿著一支枴杖，正要準備起身，羅姐連忙開口說：

「阿公，您坐著就好，不用站起來，我們送來一些年菜給您過年吃，我還帶來您最喜歡吃的鱈魚喔！」

「真的嗎？太好了。」行動不便的阿公，低低地說著。

羅姐不忘將明潭三人介紹給阿公認識，阿公仍是低聲地回應：

「謝謝你們幾位小朋友。」說話的聲音依然低沉，但是很誠懇。

難得聽到別人讚美，這聽在明潭的心裡非常窩心，因為明潭昔日不管是在學校或是在家裡，都只有被罵的機會，很少能聽到稱讚的話語。這些送年菜的小小舉動，就讓阿公感到滿足，還獲得阿公一番讚賞，讓明潭很是意外。

此時羅姐又拿出電子血壓計，示意起明潭三人一起來幫忙量血壓。這對兩個小學生是從來沒有過的經驗，因此頭一回先由高中的姐姐來協助，明潭和仁漢在一旁觀看著，羅姐一面指導，一面要旁邊的他們仔細看，下一次就由他們協助。

兩人一聽，露出慌張的表情，頓時不知所措，不知羅姐說真的還是假的，眼睛看著高中姐姐生疏地操作，兩人眼珠子張得斗大，甚至連眨眼都不敢，深怕錯過任何步驟，到時候可就糗大了。

還好有羅姐在一旁依序指導並協助，順利地完成血壓的測量。羅姐從窗戶旁吊著的塑膠袋子裡，拿出一本泛黃的簿冊，將方才量測的結果填寫在上頭，接著跟阿公說：

「阿公，今天血壓量起來有點高喔！您降血壓的藥吃了沒？」

「今天還沒吃。」

「不是每天都要吃嗎？」

「我看降血壓的藥快沒了，所以我就少吃點，本來一天吃兩次，我現在一天只吃一次，藥才不會那麼快就吃光。」

「阿公，不行喔。您一定要按照醫生吩咐的按時吃藥，如果藥沒了，再到醫院去拿藥啊！」

「好、好、好，我知道。」

「阿公您一定要記得吃藥喔！不能再忘記喔！」

一行人和阿公道別，繼續往下一位獨居長者居所前去。

途中羅姐告訴他們：

「這位阿公平常很節儉，連吃藥都一樣省得不得了，本來要照三餐飯後吃的藥，他有時一天只吃兩次，甚至節省到只吃一次，所以才會有很多狀況。有一次看到他泡奶粉喝時，光一湯匙的奶粉，他就泡了好大一杯水，實在有夠稀的，幾乎快和喝白開水沒兩樣；放在冰箱裡的食物，他都捨不得吃，放到都腐壞了，還繼續拿來吃。前一次我才來幫他，從冰箱裡清理出很多過期的食物，因為要是不清理，他還是會繼續慢慢吃，難怪他常常喊肚子痛。」

接著來到一排兩層的樓房，羅姐將轎車停放在樓房左側的大榕樹下，這次目標就在榕樹旁的第一戶：紅色的大門，右上方有個門鈴，但按了門鈴，等了好一會兒，似乎沒什麼反應，羅姐又按了第二次，還是沒有回應，明潭等得不耐煩了起來，不禁問：

「該不會出去了吧！」

「不會的，早上我才打電話來給張奶奶，告訴她我們要來送年菜，請她不要出門，在家裡等著。」羅姐肯定地說。

沒多久，聽到屋內腳步緩緩移動的聲音，可以見得羅姐說得沒錯，的確有人在家。門一打開，應門的是位年邁長者，羅姐看到她後說：

「張奶奶，我們按門鈴好久了，都沒聽到屋內有任何動靜，以為您出去了。」

「妳有打電話來說妳要來，我怎麼會出去？我剛剛在上廁所，是有聽到門鈴響，但總得讓我先上完廁所再來開門啊，真不好意思讓妳久等。」

「原來如此，是上廁所。」明潭小聲說著。

一進門後，張奶奶表示，早上煮麵條吃，因為腸胃不太舒服，起床沒多久就拉肚子，所以胃口不太好，吃得很慢，一碗麵吃了好久都還沒吃完，鍋子裡還有一些煮好的麵，她還很客氣地問大家要不要也吃一碗，當然大家紛紛表示肚子還不餓，請她留著吃。

「張奶奶，最近還去安養院看張爺爺嗎？」羅姐很是了解地寒暄起來。

「雙腳行動不是很方便，所以好一陣子沒去了，反正他在那兒有人照顧得好好的，三餐也有人幫他準備，多好命啊！像個皇帝，根本不用我操心，該擔心的反而是我自己。」張奶奶自我解嘲地說著。

「別這麼說，您還是很厲害的，三餐都能自己料理，想吃什麼就煮什麼吃，多自由自在啊！」

「話是這樣說沒錯，但是最近不知為什麼整個人渾身無力，做事情都提不起勁。」張奶奶有氣無力表達最近身體的狀況。

「是不是因為腸胃不舒服的關係？您看看時間，如果要去看醫生，明後天我再抽時間陪您一起去醫院。」

「那就不麻煩，我看妳這麼忙，每天跑東跑西的，我先吃一些腸胃藥，看看有沒有改善，如果真的還是一直拉肚子，我再自己叫計程車去看醫生。」

「沒關係，如果真的需要我陪您一起去看醫生，就通知我，我一定抽空陪您去。」

羅姐將該冷藏的年菜放進冰箱，其他乾料則放廚房的櫃子裡，熟練的舉動就像自家廚房那麼順手，應該也是常到這兒探視吧。

當然她也不忘提醒張奶奶，帶來的年菜直接加熱後就可以食用，別老是煮麵吃，會營養不均衡。

緊接著就是好戲上場，那就是由小朋友們幫張奶奶量血壓。

明潭和仁漢將電子血壓計放在客廳的桌上，也請張奶奶坐下來，兩人如法炮製地開始操作，明潭先將張奶奶的手穿過腕帶，然後將腕帶拉緊固定住，但是力道似乎不夠，發現固定後的腕帶還是鬆垮垮。

仁漢再把腕帶鬆開，重新拉緊固定，這回較能掌握要領，也終於緊緊地固定住，不會任意鬆脫或滑動。明潭迫不及待地按下開始的按鍵，只見螢幕上的數字逐漸上升，從個位變十位直到變百位，到了頂點後就逐漸往下降……他眼珠子盯著數字慢慢減少，然後螢幕上顯示出三個數值，包括：舒張壓、收縮壓和脈搏。

羅姐一看血壓計上的數值，就從客廳桌子下方的鐵盒中，拿出紀錄冊，將結果填寫上去，然後就對張奶奶說：

「血壓量起來還算正常值，倒是脈搏跳動低了點。」

「你這光頭小子真不賴，還會幫我量血壓，真是謝謝你。」張奶奶不忘稱讚明潭量血壓的舉動。

真是沒想到，剛剛量起血壓手忙腳亂，弄了老半天還差點弄錯，張奶奶還是這麼地稱讚，也不會把明潭的光頭視為標新立異，反倒給他滿滿的肯定。

頓時明潭有所醒悟，既然當下能幫張奶奶量血壓，自己應該也有能力幫外婆和媽媽量血壓，她們應該也會和張奶奶一樣的感受吧！能讓她們刮目相看的行為，既然可以，為何不做呢？

告別張奶奶，繼續往下一位獨居長者住所前去。

途中羅姐訴說起張奶奶的遭遇：

「他們生了兩個女兒，一個嫁到國外去，雖然會固定寄生活費回來，但是僅夠付張爺爺住安養院的費用，要再多恐怕也負擔不起；有時候寄得也不是很準時，總會漏寄個一兩回，畢竟國外開銷也大，願意寄錢回家就很不容易。」

「那另外一個女兒呢？」明潭不解的問著。

「說到這個小女兒就一肚子氣。」羅姐隨即語氣變得氣憤。

「惹到您了嗎？怎麼一副很不高興的樣子。」

「當初小女兒跟張奶奶說，要和朋友合夥開一家美容院，需要一筆資金，張奶奶二話不說，很放心地把大部分積蓄交給小女兒去開美容院，反正是自己女兒，等她賺到錢再還就好。但也不知道美容院開了沒或是經營不善，這筆錢就這麼一去無回，現在連回家看張奶奶次數也愈來愈少，也不把家裡當家裡看待，甚至對父母親也漠不關心，真是不孝。」

「所以家裡就剩張奶奶一個人自己住。」明潭確認著。

「是啊。原本還有張先生，兩人相依為命，但是去年因為他中風後，需要專人照料，就住進安養院，所以只剩下張奶奶孤單地住在這空曠的兩層樓房。」

明潭悠悠一嘆，真心為張奶奶的處境感到不捨與同情。

最後一位獨居長者住得比較遠，車子開了好些時候才抵達，羅姐將轎車停放在一排商店前的停車格內，明潭覺得好奇，這麼熱鬧的商家，怎麼可能會住著獨居老人？

的確是沒有。羅姐並非帶他們進入商家，而是從商家旁的小徑穿過，並行經一個規模不大的傳統市場，此時已經接近中午，許多攤位陸陸續續收拾起物品，準備收攤打烊。

穿過地面潮濕的市場，緊鄰著一棟看似非常老舊的公寓，來到了電梯口，明潭看門上的數字沒有一個是亮的，就問說：

「這電梯是不是壞了，怎麼數字不亮了？」

「這顯示數字的燈已經壞好久囉。」羅姐很是肯定地回答。

「該不會只是要帶我們來看沒有作用的電梯吧！」仁漢懷疑著。

「我們要搭電梯到八樓。」

「啥！不會吧！搭這部壞的電梯？」念高中的姐姐一臉訝異。

「沒錯，我們就是要搭這部還能用的電梯。」

「該不會搭到一半就卡在中間，那我們怎麼出來？不就被困在裡面……我可不可以不要搭電梯？」明潭有點膽怯地說。

「你不是自稱為獅王，怎麼連搭電梯都不敢了呢？」仁漢忍不住開起玩笑。

羅姐勇敢地帶領大家搭上電梯前往八樓，這搖搖晃晃的電梯，還真是讓大家感到步步驚魂，要是被明潭說中，豈不是會像電影裡的劇情，上演起電梯脫困情節，那麻煩就可大了。倒是羅姐卻是氣定神閒、悠哉悠哉貌，不像大家屏氣凝神、精神緊繃，連深呼吸都心驚膽顫。

電梯搖啊搖，總覺得時間過了好久，莫非這電梯屬於龜速嗎？總算聽到「咚！」的一聲，終於搖到了八樓。大家一瞬間像逃命般，紛紛爭相擠出電梯門口，卻不顧羅姐的處境，無情又殘忍地把她丟在裡頭，空曠電梯裡只有留下她孤單一人，不知她有何感受，失望、好笑、習慣或是……？

眼前是一片汙漬的地板，昏黃的走道，兩旁是排列整齊的黑褐色鐵門，是早期的單人套房，因為年代已久，一切都顯得老舊泛黃、斑駁，所以此處的房租非常便宜，也引來許多人的搶租，住房率非常高，動作慢的就不可能租得到空房間。

經過兩個轉彎處，越過兩灘積水，幸虧身為常客的羅姐相當熟悉地形地貌，適時提醒大家要大步跨越，否則在這昏暗光線下，一個不小心就要進行水上活動，當起水上人家。

直到最盡頭的一間，按了門鈴，很快就有回應，屋內傳來「來了」的應門聲，鐵門一打開，還能聽到門鈕轉動「咿軋」的聲響，或許是年久失修，缺少了潤滑油，要開門還顯得格外吃力，是位獨居的老爺爺。

屋內空間僅有一個房間和一間廁所，放眼望去就是所有的家當，床鋪占據大半的空間，上頭還放了棉被、蚊帳、堆疊的衣物，僅留下一個人可以睡覺平躺的空間，顯見要翻身都是件難事。

床鋪旁有一張桌子，桌上還有一個橄欖色的小電鍋和一具單座的小瓦斯爐，桌上擺著幾個留有剩菜剩飯的碗盤，看起來乾枯的模樣，目測至少是隔夜的飯菜。

羅姐問老爺爺說：

「瓦斯爐上的鍋子怎麼有一顆饅頭？」

「我本來要放到電鍋蒸，不知為什麼電鍋插了電，還是冷冷的沒有反應，大概是罷工了，我只好用瓦斯爐來蒸啊！」

「基金會辦公室裡還有一個二手的電鍋，明後天我再帶過來給您。」

「這樣我就不用再用瓦斯爐來蒸饅頭，用瓦斯爐蒸，瓦斯很快就用完，又要再花錢叫瓦斯，很貴的，我連洗澡都用冷水洗，捨不得用瓦斯。」

「那冬天怎麼辦？」

「放心，我身體強壯得很，像頭牛一樣，冬天一樣洗冷水。」

「不會吧！冬天洗冷水哪受得了。」明潭不敢相信地低聲說著。

「小朋友，你不要覺得奇怪，我在軍中早已練就銅牆鐵壁、像鋼鐵人一樣的身體，退伍到現在，每天都是洗冷水澡。」

「太厲害了。」仁漢佩服地說。

……

終於順利完成送年菜的超級任務，不過還是得再經歷一次膽顫心驚的搖晃電梯，才能走出這棟隱身在繁榮商家的老舊公寓。

羅姐車內的年菜全數送出，她也誠摯地感謝明潭、仁漢及另一位高中生，踴躍參與送年愛老人的慈善活動，讓這些獨居長著都能感受衷心的祝福，過一個溫暖的年。

明潭從來沒收過這麼多的感謝話語，比起從前自詡金毛獅王所受到的責備、謾罵、怒氣、嘲笑，顯然有著極大的轉變。

光頭獅王送年菜的初體驗，讓他感受到周遭還有許多需要關心的長者，此刻得他先是學會關心陌生人，反過來也要關心自己身邊的親人，尤其是對媽媽、對外婆的態度，不能再是一味地抱怨，而是要好好珍惜這份得來不易的親情。

回到家後，一見到媽媽，明潭一時間有些靦腆，深吸口氣給足自己勇氣，終於將內心話脫口而出：

「媽媽，對不起！外婆說的話我都了解了，以前我一直誤會著您，怪東怪西的，我以後不會了，從此一定會聽您的話，做個好孩子。」

聽到這番話語，最初令媽媽甚為驚訝，彷彿看到自己兒子隨著外貌理成光頭，內心也整個人脫胎換骨，忍不住上前抱住明潭，娓娓說著：

「媽媽聽到了，你能這麼想，媽媽很高興，你終於長大了！」

她也從明潭的回抱中，感受到久違的母子之情，語帶啜泣地接著問：

「晚餐想吃什麼？媽媽來準備。」

……

明潭如此想著：這應該是此次送年菜經驗，額外的體悟與收穫，讓他人生就此翻轉未來。

少年文學57　PG2581

金毛獅王上學去

作　　者／余益興
責任編輯／姚芳慈
圖文排版／黃莉珊
封面設計／蔡瑋筠
出版策劃／秀威少年
製作發行／秀威資訊科技股份有限公司
114 台北市內湖區瑞光路76巷65號1樓
電話：+886-2-2796-3638
傳真：+886-2-2796-1377
服務信箱：service@showwe.com.tw
http://www.showwe.com.tw

郵政劃撥／19563868
戶名：秀威資訊科技股份有限公司
展售門市／國家書店【松江門市】
104 台北市中山區松江路209號1樓
電話：+886-2-2518-0207
傳真：+886-2-2518-0778

網路訂購／秀威網路書店：https://store.showwe.tw
國家網路書店：https://www.govbooks.com.tw
法律顧問／毛國樑　律師

總經銷／聯寶國際文化事業有限公司
221新北市汐止區康寧街169巷27號8樓
電話：+886-2-2695-4083
傳真：+886-2-2695-4087

出版日期／2021年07月　BOD一版　**定價**／260元
ISBN／978-986-99614-4-8

秀威少年
SHOWWE YOUNG

讀者回函卡

國家圖書館出版品預行編目

金毛獅王上學去/余益興著. -- 一版. -- 臺北市：
秀威少年, 2021.07
面； 公分. -- (少年文學 ; 57)
BOD版
ISBN 978-986-99614-4-8(平裝)

863.596 110008325